U0093970

Bridging
Hearts
from Afar
來自異國的陪伴

此書獻給一直守護著我的爸爸、媽媽與奶奶

目錄

前言

　　每個人的背後，都有著不同的故事。相信每個人從小到大，一路走來的過程裡，在各自家庭中發生的點點滴滴，有的，會成了傷痛的肇因；然而，有的，卻成了成長的養分。

　　我很感謝走過了兩個不同階段的人生，不管是平靜無波的第一段人生，或者是驚濤駭浪的第二段人生，在跌跌撞撞的過往經驗裡，身旁一直有著家人的支持，才能讓我在面對諸多困難時，也能勇敢克服。

　　這本書是根據我的真實經歷，採用小說方式，適度加入部分虛構情節，並透過主述者Chryssa的角度撰寫而成。除了我的家人之外，其他人物與場景皆改用杜撰名稱取代真實姓名與故事地點。內容以我在英國留學多年，即第二段人生為故事主軸，敘述在倫敦期間，半工半讀擔任居家看護時，照顧不同老人的體驗與心情。

整本書分成了五個章節，以五位老人家為獨立單元，描述他們與我之間發生的種種。同時，也會交織著從小到大，我與三位家人的深刻記憶，並透過這些對我影響很深的家人，呼應當下在倫敦的我，身為看護的心境與感觸。

　　人生是一場生老病死的旅程，喜怒哀樂也伴隨其中，而我選擇用小說的方式，以看護旁觀的角度，去平實陳述身邊這些長者們，既豐富又特殊的不同心境。不管是身在英國或是在台灣，這五位長者，還有我的三位家人，用了自己的方式，在我的面前，真實上演了一場風采特別的不悔人生。

故事一　啟程

人生的每段啟程，來自不同因緣的牽引，
也造就了深淺不同的情誼。

來自異國
的陪伴

踏入柏頓太太家的那一刻，這麼多年以來，我一直認為，那不光是我第二段人生的轉折點，更是第一段人生的延續……

在衣食無憂的公教家庭長大，爸爸媽媽從來不會用大道理來教導子女，身體力行是兩人一貫的教育原則。如今，在倫敦的我，面對挫折與壓力時，多年薰陶的點點滴滴，總會自然浮現，如盞不滅的明燈，將我引回現實的軌道。

住在倫敦的鬧區，距離海德公園不遠，富麗堂皇的三樓公寓裡，瞧見柏頓太太一身上下穿的行頭，還有屋內從壁飾到桌椅的精心擺飾，不難斷定「優渥的貴婦」肯定是她的另一個代名詞。

那是我首次，跟著有十年經驗的看護太太——來自南非的喬伊，走進柏頓太太家的第一印象。

「晚安，柏頓太太。」

「晚安，喬伊。」

「柏頓太太，這是 Chryssa，下周六開始，就由她來替妳服務。」

「什麼？」柏頓太太的眼光當下掃了我全身，年邁面容下，依舊銳利的眼神著實令我懾服。

「Chryssa 是新來的看護，她還在倫敦大學念書，中心安排她來接手，固定周六與周日兩天晚上，來替妳工作。」

柏頓太太看了喬伊一眼，隨即閉上眼，沒有任何的回應。

「柏頓太太，放心！Chryssa 會做得很好的。等一下我會

帶她認識環境，瞭解所有工作的細節，包括妳的種種要求喔！」

喬伊說完話，耐心等著柏頓太太先張開眼，並點了點頭。

「妳去處理吧！」

一旁的我，望著柏頓太太再度投射而來的眼光，同樣二話不說，也對她點了點頭，並沒有忘記，相當重視生活禮節的英國居民。

隔了一周，喬伊的保證仍在腦中盤旋。然而，對沒有實務經驗，只有基本看護知識與技能訓練的我，喬伊之前的解說不但難發揮效用，甚至，當我獨自一人踏進陌生嚴謹的英國老人家裡，更加忐忑不安起來。

那是個典型倫敦的秋天，下了點雨後的傍晚，我轉乘兩趟公車，花了大約一個半小時的時間，才抵達市中心的鬧區。

空氣中依舊瀰漫了些微溼氣，涼爽的微風還在樹梢裡穿梭來去，繁華的大街上，聚集不少的觀光客。介於觀光客與居民身分之間的我，倒是十分緊張，伸出手指按了按公寓大樓旁，大廳門口左側的門鈴。

「是誰？」

「我是 Chryssa，來幫柏頓太太工作的看護。」

「上來吧！」

我推開大門，爬上樓梯，抵達三樓左側的紅色大門時，再次敲了敲門。

「是 Chryssa 嗎？」

「是的，謝謝妳剛剛幫我開門。」

「別客氣！我是艾莉西亞，從義大利來的，跟瑪莉安都是柏頓太太的房客。以後，妳偶而會見到我們。」

艾莉西亞淺淺的笑容，襯托著她一雙大眼，無需修飾的家居裝扮，不難想像在她古銅色的膚色下，義大利式熱情的靈活呈現。

「柏頓太太，Chryssa 來了。」

等我進門，把門扣上，艾莉西亞帶我到了小客廳前，對我揮揮手，還交叉雙指，比了代表好運的手勢後，靜悄悄地走回廚房後側的小房間裡。

「妳過來。」

柏頓太太坐在褐絨色的單人沙發上，對我招了招手。

「晚安，柏頓太太。」

額頭邊際不自覺滲出些汗水，可能是室內暖氣開著的緣故。

「記得，以後上來後不用敲門。門外左側有個對講機，到了先按一下，等我聽見後開了門，妳再進來。」

柏頓太太，跟一星期前一樣，仍是先用眼神，從頭到腳掃了我一遍，才繼續交代下去：「把妳的個人東西放在大門旁，還有，外套也要脫下。」

等柏頓太太說完，我點點頭，把東西放好後，走回她身旁，等待接下來一連串的指示。

「我說什麼，妳就做什麼，不用多問。妳知道我的意思吧？」

「我知道。」

「我有點忘了，妳的名字是？」

「Chryssa。」

「好的，Chryssa，妳先去確認窗台，看是否有扣緊，然後，再把旁邊的枴杖拿給我。」

柏頓太太將頭一轉，目光朝向沙發右後側，微開的小窗台，接著視線再移回，停在左側靠牆的枴杖上。

一片寂靜之下，我根據每道指令小心翼翼完成每個動作，才走回沙發左側，將枴杖遞給了柏頓太太。

柏頓太太右手握緊了枴杖，左手撐著沙發的把手，吃力地站了起來。

「手不用過來，需要妳攙扶時，我會告訴妳。」

看著她搖晃的身軀，我立即伸出了手，只是才碰觸到她的左手臂，就聽見她突然冒出的聲音。

柏頓太太傳來的吩咐，讓我立即縮了手。只是兩側髮際不禁又滲出了不少汗水。

我靜靜地站在柏頓太太後面，看著她費力地撐著枴杖，稍胖的身軀駝著背，緩緩踱步的背影，不由得想起了奶奶老年時的模樣。

「奶奶，怎麼不用新枴杖啊？爸爸媽媽不是前幾天才給妳

買了個木頭的拐杖嗎？」

「哪要拿什麼拐杖？妳看奶奶走路的樣子，慢是慢了點，但也沒什麼毛病。」

身材嬌小的奶奶，駝著背，還有一雙腳，雖曾有受迫裹小腳的慘痛過往，但走起路來，確實沒有多大影響。

「奶奶說得沒錯呢，那就不用拐杖啦！」

「這根拐杖啊，是妳爸媽的心意，怕我年紀大了，萬一走不動，還可以稍微幫忙一下。」

「不過奶奶看起來還不錯，就不需要啦！」

「是啊，能靠自己的雙腳走路，當然是比靠拐杖來得好啦！小丫頭，妳要記得，不管什麼時候，身體要保持健康最重要。」

「奶奶，我知道了。」

兩個小時的時間裡，我在柏頓太太一字一句的指揮下，協助她完成清潔與盥洗。依舊沉默的空間裡，我都站在她身側等候，望著她緩緩往前。

柏頓太太手腳不太靈活，走路坐臥都需要攙扶拐杖，或使用助行器。不過，她的神情仍是一絲不苟，直到走回了臥室，穿好包覆紙尿片的網褲，沿著床邊坐下來，才再度聽見她的聲音，打破了無聲的界線。

「Chryssa，妳是哪裡人？」

坐在床上的柏頓太太，抬起頭，望著我說。

「台灣。」

「台灣？是中國嗎？」

「台灣不是中國，台灣是在中國旁邊的島嶼，是不同國家。」

「我知道了。妳還在念書？」

「是的。」

「什麼時候畢業？」

「還不曉得，要看情況。」

柏頓太太停頓一下，側過頭，望了望枕頭旁放的聖經。

「妳有宗教信仰嗎？我是基督徒。」

「我有，我相信上帝，但我不是基督徒。」

「是嗎？我知道了。妳現在可以關上房間的大燈了。」

柏頓太太說完話，伸手開啟床頭櫃上的小燈，在昏黃的燈光下，可以清楚瞥見她臉上，閃過一抹若有似無的微笑。

「沒問題。」

「今天就到這裡，妳可以走了。記得，廁所的垃圾要拿到樓下，所有的電燈開關要關，尤其是走道上的壁燈。」

柏頓太太簽好每日工作表，將表單遞給了我，交代著其餘的細節。

「好的，柏頓太太。」

「Chryssa？」

等我背好背包，關上走道的燈，紅色的門敞開了一半，包好的垃圾還在腳邊，站在黑漆漆的走道盡頭，突然聽見柏頓太

太從房裡傳來的宏亮聲音。

「我忘了，還有冰箱裡的牛奶，幫我倒半杯來。杯子在這裡。」

我站在臥房門旁，向她走近了些，接過藍白條紋交錯的馬克杯，往廚房方向前去。

「人老了，真沒辦法，沒喝牛奶就睡不好。」

望著柏頓太太，渾圓飽滿的輪廓，透過床頭燈的映照，兩頰的雀斑也明顯起來。我遞上牛奶，輕輕地點點頭。

「謝謝妳，Chryssa，明晚見。」

「不客氣。柏頓太太，明晚見。」

下了樓梯，我推開大樓的玻璃門，把垃圾丟到集中處理區後，想起剛剛床頭燈旁的柏頓太太，還有兩人之間交流的短短對話。

在人煙逐漸稀少，只剩下路燈相互映照的大街上，腦海裡響起披頭四《黃色潛水艇》的輕快旋律。夜已深，我加快了腳步，往不遠的公車亭，大步走去。

隔了兩星期之後，中心跟柏頓太太作了確認，認為沒什麼大問題之後，給我一把備份鑰匙，可以直接進入大樓，縮短每次得按兩次鈴的時間。

「柏頓太太，晚安，我是Chryssa。」

「進來吧！」

透過紅色大門旁的對講機，傳來柏頓太太沉穩的聲音。

我關上門，放下雨傘、背包與外套之後，直接往小客廳走

去。

「妳今天早到了五分鐘。」

柏頓太太望了望牆上的時鐘，說話時，臉上仍是嚴肅的神情。

「外面在下大雨，我就先進來了。」

「下次，還是準時再進來。」

「我會的，柏頓太太。」

「既然早到，先去鋪床，還有準備一下浴室水桶裡的熱水。記得，半桶就好。」

這陣子下來，差不多已適應了柏頓太太的一板一眼。不過聽她指揮而隨機應變的我，手腳倒不自覺地加快許多。

「Chryssa，妳先過來。」

蹲在浴缸旁的我聽到聲音，先關了熱水，快步走過去。

「今天我想來試試，把大小尿片一起使用看看，妳把這些小尿片先拿過去，放在床頭櫃旁的塑膠袋裡。」

「沒問題。」

雙腿行動不便，但還能部分自理的柏頓太太，軀體較胖，但即使搭配穿脫大型紙尿布的網褲時，耗費不少時間，可她還是堅持，不願使用一體成形，方便包覆，卻少了舒適感的紙尿片。

不僅是紙尿片的精挑細選，柏頓太太對潔淨的在意程度，雖沒讓我瞠目結舌，倒也相當難得一見。

在英國待了好幾個寒暑，我也曾在學校的不同宿舍裡，遇到不少來自英國大城小鎮的年輕男女，可不是每個人，都會特

別在意潔淨這回事；反其道而行的人，多是大有人在。

「這是什麼？」

跟著剛清洗好的柏頓太太，走到浴室門旁，她才剛放下待會由我來洗滌的網褲，目光移轉到旁邊的洗手台內側。

「我不知道。」

乳白色的洗手台裡，出現了一塊差不多有半公分大的紅褐色痕跡。

「瑪莉安，過來一下。」

我還不清楚發生了什麼事，接著便聽到柏頓太太扯著喉嚨地大喊。

「什麼事？」

穿著睡衣的瑪莉安，沒多久就現身在浴室門前。

「這是妳下午弄頭髮留下的吧？我當時就有聽到聲響，果然猜得沒錯！不是一開始就說過，妳們用後面的浴室，別來用我的嗎？」

「沒辦法啊！艾莉西亞一直拉肚子，占著浴室，害我也一直不能使用，而我上課前又得洗澡洗頭，不得不借用一下。剛好今天染髮，不小心弄髒了。」

睡眼惺忪的瑪莉安頓時恢復了精神，夾雜著發白的臉色。

「規矩就是規矩，為何不過來告訴我一聲？」

「我忘了，下次不會了。」

「哪還有下次！妳現在去弄乾淨，等下我要 Chryssa 去檢查。」

「我知道了。」

瑪莉安立刻拔腿奔回房間，而我看著柏頓太太的發怒模樣，又想起最初，她見到我時的嚴肅表情。

「Chryssa，妳不覺得那樣做是錯的嗎？」

「什麼？」

柏頓太太面對著床，一手靠在床邊加裝的扶手上，一手拿著毛巾準備擦身時，突然開口，頓時嚇了我一大跳。

「我說瑪莉安啊！她沒有先知會就使用我的浴室，竟然還粗心大意弄髒洗手台，連抱歉都沒說一聲。住在一起不就該尊重各自的生活空間？」

柏頓太太背對著我，依舊怒氣未消的埋怨著。

「應該是吧！」

看著面前的柏頓太太，還有隔牆浴室裡的瑪莉安，肯定聽得到我們的對話，身為局外人只覺得什麼都不好多說。

「什麼應該是吧，沒告知就是不對。」

「柏頓太太，剛剛不是說要使用大小尿片？」

眼看怒火可能會延續下去，我看著一旁的尿片，迅速地移轉話題。

「不了，我沒心情，先照舊慣例就好。」

我協助柏頓太太，穿好內置大尿片的乾淨網褲後，攙扶她轉過身，平穩在床上坐好，仍發覺她滿臉的不放心。

「還有，妳記得去檢查一下洗手台，確定都乾淨了，才能開始清理。」

柏頓太太的話語，一直沒停下來過。

「好的，我會好好注意。」

「都弄好後，記得來跟我說。」

過了幾分鐘，確定柏頓太太不再需要我的協助後，我走向隔壁的浴室，看見一臉尷尬的瑪莉安，已站在門邊安靜地等著。

「妳跟她說，我都弄乾淨了。真抱歉，不小心惹了麻煩。」

還沒進去浴室裡，就聽到瑪莉安在我耳邊輕聲吐出的話。

「好的，謝謝，沒事了，妳回房去吧！」

我對瑪莉安微了微笑。

看到瑪莉安離去，我走進浴室，一切正如她所言，而我也完成了網褲的清洗與垃圾的整理。臨走之前，將結果告知柏頓太太。

「妳確定，都弄乾淨了？瑪莉安很迷糊的。」

柏頓太太依舊坐在相同的位置，張著渾圓的大眼睛，一臉狐疑地看著我。

「百分之百的確定。」

「這樣嗎？那我放心了。」

「柏頓太太，今天需要倒牛奶嗎？」

「不了，我晚上先喝過了，妳可以回去了，謝謝妳。」

「好的，晚安。」

「Chryssa，晚安！」

　　剛剛的插曲，讓我想起小時候，一家人不管是吃飯時要端正坐好，不能以口就碗，總得一手拿筷，一手拿碗的畫面；看電視要坐有坐樣，不可將腿隨意擺放，或翹在桌上等等，爸爸訂定的嚴格規矩，總是隨處可見，若與柏頓太太相比，一點也不遜色。

　　「女兒，門要記得關緊，不能讓人看到裡面的妳。」

　　那是小學的時候，我在離廚房不遠的廁所裡，突然聽到爸爸從門外傳來的聲音。

　　「喔！廁所有點熱，我開了一點門，讓風可以進來。」

　　「這樣怎麼行。」

　　爸爸在門口先蹲下來，再對著裡面的我，繼續說著。

　　「可是，我看哥哥們上廁所，都沒有關門。」

　　「那妳媽媽，還有妳奶奶呢？」

　　「她們有關門。」

　　「所以啦，男生可以不關門，但女生一定要關門，不然大家都看到妳上廁所啦，不好看，也不禮貌！」

　　「真不公平，我也想當男生。」

　　「那可不行，妳當男生，那爸爸就可憐了，沒有寶貝女兒可以疼啦！」

　　「那好吧！為了爸爸，我還是當守規矩的女生吧！」

　　「謝謝妳啦！不吵妳上廁所了。記得，以後都要把門關上！」

　　「我會的，爸爸放心。」

我對爸爸笑了笑，接著關上門。

也許是秋天的氛圍，離開了柏頓太太的住所，走在夜晚的街道上，看著天空裡出現的圓月，想起即將到來的中秋節，還有遠方母親的臉孔，在相隔千里的寒冷國度裡，仍是感到一股暖意！

「艾莉西亞，妳知道『她』是多爾切斯特來的吧？」

「是啊，怎麼了？」

「昨天上課，約翰才跟我們介紹，原來那裡出了一個有名的作家哈代，寫了本關於悲慘女子黛絲的故事。」

「我有讀過那本書，黛絲的際遇的確很悲慘。還好，我們在倫敦，又身在二十一世紀，沒機會遇到那樣的淒慘人生！」

「沒錯！所以我在想，或許，從那裡來的『她』某部分的人生也是挺慘的！」

「別說了，萬一『她』聽到，可就糟了。」

有次工作完畢，準備離開前，如果不是剛好借了廚房旁，供房客使用的洗手間，就不會聽見隔牆的對話，更別說，將哈代筆下的黛絲與柏頓太太聯想起來。

大學的時候，我也讀過那本小說《黛絲姑娘》（*Tess of the d'Urbervilles*），想起美貌單純的黛絲，受迫於殘酷現實人生捉弄，而不得不與命運妥協的悲劇。

我仍記得閱讀完後，油然而生的悵然若失。故事裡的黛

絲，一路走來單純以為終於遇到可握住的幸福，卻因曾走過的痕跡，還有人性的缺憾，讓她仍受命運宰制，終究無力逃脫，徒剩下悲慘的結局。

「她不會聽到的，聽到也無所謂。反正她對我一直就是如此！妳看她，年紀一大把，不也跟我們一樣，多年來隻身一人生活，平日沒見什麼朋友來訪，又愛跟我們保持距離，整天只巴望著兒子們，可悲的是，他們總是一副愛來不來的模樣。」

「人年紀大了，都是這樣的，不是只有她而已。」

「話雖沒錯，我們只是房客，就要我們守一堆規矩，樣樣順著她的要求。她那兩個有身分、有地位的兒子，態度有時比我們還差，也沒聽她斥責一聲。這樣子的委曲求全，還不算慘嗎？要是我，根本無法忍受。」

瑪莉安一發不可收拾的氣急敗壞，讓剛洗完手的我停在門邊，寸步難行。

「好啦好啦，我知道妳是趁機大發牢騷，還在為上次被她指責的事生氣吧！說不定，多爾切斯特是個美麗的地方呢！凱絲在樓下等了，難得我休假，妳沒課，我們姊妹淘才有時間聚聚。別想了，我們趕快走吧！」

若不是瑪莉安一口氣把柏頓太太的狀況交代得一清二楚，我還不知道，原來，喜歡展現身處優渥環境，習慣發號施令的柏頓太太，在嚴謹的印象之外，其實還有不同的面貌。

尤其是前幾個星期，發生在這間高級公寓裡的衛浴事件，多少也讓我瞧見這三位成年女性，檯面下不為人知的尷尬互

動。

「Chryssa，妳來啦，先來幫我看看這髮型。髮型師才剛剛走，妳說說，她把我這頭髮弄得好不好看。」

柏頓太太坐在浴室前的走道上，對著櫃子上的鏡子不停擺首弄姿，一再端詳自己剛剪短的俏麗髮型。

「很好看，柏頓太太。」

「真的？妳可別特意討好我，我可沒辦法多發薪水給妳喔！」

這是我工作兩個多月以來，第一次看到柏頓太太自然綻開，還露出兩頰酒窩的笑顏。

柏頓太太經過挑染，還上了髮捲的紅褐短髮，神清氣爽的紅潤氣色，除了行動不便之外，一點都看不出來，她已經八十多歲了。

「柏頓太太，是要參加什麼特別的活動嗎？」

依照柏頓太太的原則，我通常不是主動發言的人。只是難得看見她神采飛揚的模樣，不禁好奇的問了一下。

「明天我大兒子啊，要帶兩個孫子來看我，加上耶誕節也快到了，就順便把頭髮整理一下。」

這也是我兩個多月來，第一次聽到柏頓太太提起她的家人，以往都是她問我答居多。

「是嗎？真好。」

我一邊回應著，一邊也想起之前瑪莉安對艾莉西亞說的話。

「我大兒子是律師，有自己的公司，當老闆的工作時間很彈性，差不多每隔三個月就會來看我；小兒子就不一定，他在銀行當業務，工作常忙不過來，抽空才會過來，我已經好久沒見到他了。」

柏頓太太的回答並沒讓我驚訝，小家庭為核心的西方家庭，尤其是個人主義至上的英國，這種現象肯定不少。

「等到明天，妳或許就可以見到他們。」

「或許？」

「要看他們來的時間，如果有陪我吃飯，那就會待晚一點；如果沒有，就會早早離開，我也沒把握。『或許』就是說到明天才知道。」

然而，柏頓太太碧綠色的眼眸裡，閃過了一絲擔憂，這倒出乎我意料之外。

「好喔，希望可以見到他們啦！」

「不管了，妳去鋪床吧，等下要準備去浴室了。」

隔天晚上，我的確很幸運，見到了柏頓太太的晚輩們。大兒子身材高壯，不苟言笑，加上不時的抬眉模樣，跟柏頓太太挺像的。從黑西裝、藍領帶到黑皮鞋，一身上下的精品，渾然全是精心的名牌搭配。

「這是我兒子彼得，還有兩個孫子，約翰與麥克。這是Chryssa。」

「妳好，以前沒見過妳，從日本來的？」

「我剛來照顧柏頓太太沒幾個月，從台灣來的，不是日

本。」

「台灣？是在中國嗎？」

「不是，台灣在中國旁邊，跟中國是不同的國家。」

「喔，好，不好意思。」

「沒事。」

我搖了搖頭，笑了笑，從我抵達英國開始，如此漫不經心的對話也出現了不少次，我早已不以為意。

兩個兒子跟在彼得後面，輪流向前擁抱了坐在沙發上，行動不便卻精神抖擻的柏頓太太。

透過柏頓太太的介紹，高瘦的約翰十四歲大，黑框眼鏡下掛著一副冷冷的神情，誰都不理睬，獨自坐在小客廳的角落裡，專心玩著手上的電動。

九歲的麥克個子小了哥哥半個頭，兩個臉頰上遍布明顯的紅雀斑，還有與柏頓太太類似的深酒窩，在父親與奶奶的身邊穿梭來去，偶而還會刻意抬起頭，望了望站在一旁的我。

我站在狹長的小客廳裡，想起平時只有柏頓太太的孤身場景，如今現場熱鬧許多，也讓我頓時覺得，柏頓太太的公寓似乎擁擠了起來。

「最近工作怎麼樣了？馬修前兩天打電話來，說他耶誕時，公司有些要求，要他跟客戶去度假做業績，無法過來。你跟艾琳，至少會帶約翰跟麥克，一起來過節吧？」

「馬修總是這樣，嘴上功夫向來最厲害，妳也太輕易相信

他了！」

「怎麼每次提到你弟，你就火氣十足？」

「我才不信，哪有公司特別要求員工，在家人團圓的耶誕節日，還得跟客戶去度假。」

「我哪知道！他們公司好像這幾年轉型，說他最近業績做得不錯，海外客戶也增加不少。身為銀行主要業務，得配合公司的制度，也沒辦法啊！」

柏頓太太費力解釋一番，繼續說著。

「還是你好，有自己的公司，又能來陪陪我，不愧是我的寶貝兒子！」

我退到門側，看著沙發上的柏頓太太說完話，接著拉緊了大兒子的手臂，一副止不住的開心模樣。

原來，天下寵兒的母親都是一樣的。

「就說不要這樣啦！跟妳說了很多次，別再當我是小孩了！每次都沒聽進去。」

顧不得一旁外人的我，彼得立刻甩開了柏頓太太的手，聲音還加大了不少。

「你是我兒子，這有什麼好難為情的？約翰，奶奶說得沒錯吧？」

柏頓太太冷不防喊了孫子一聲，不過約翰依舊全神貫注在自己的世界，沒有任何回應。

「好啦！不提這事啦！」

不知是不是擔心柏頓太太還有其他的舉動，回完話的彼得

刻意向後退了幾步，克拉克名鞋摩擦地板發出的聲響，連在一旁玩耍的麥克都聞聲抬了下頭，看來也不明白發生什麼事。

「那麼，耶誕那天要幾點過來？」

「別催，我要想想，還要看看艾琳的安排。」

「快到了呢，還沒想好？」

柏頓太太停頓了一下，神色依舊沉著，語調卻有些微變化。

「就說還沒決定啊！媽，別老是問個不停！我確定了再跟妳說！」

「好啦好啦！不問就不問，反正我老了，管不著了。」

我看著牆上的時鐘，時間一分一秒的溜走，不確定工作到底多久才能開始。只是，一旁的柏頓太太一點都不在意，似乎忘了我的存在。

反倒是彼得，神情游移不定，不時皺眉又細聲嘟嚷，反覆抬了頭，望著牆上的時鐘，又不時轉過來看我幾眼。

等沒幾分鐘，彼得就拉著約翰與麥克快步離開了。臨走之前，只匆匆丟下一句：「艾琳要我帶來的滷料記得吃，我們走了。」

坐在沙發上的柏頓太太，望著猛力關上門，頭也不回的兒孫三人走出公寓後，發愣了好一會，才回神過來，對一旁待著的我說：「Chryssa，我要休息一下，妳去鋪床，等弄好再來叫我！」

我從臥室鋪好床，出來剛好碰見開門進來，一身濃妝豔抹

的瑪莉安，跟上回的惺忪模樣截然不同。

「妳來啦，Chryssa。」

「晚安，瑪莉安！我先去忙，有空再聊！」

我的思緒還停留在柏頓太太與彼得之間，有點魂不守舍，但瑪莉安的出現，倒提醒了我，之前不經意得知柏頓太太與兒子的互動情況，可別輕易露出跡象。

「好的，妳辛苦了，加油！」

擦身而過的瑪莉安，還特意對我眨了下眼，笑著拍了我的左肩一下。

「謝謝。」

「沒事的，我先進去了。」

也許是因為上次的事件，向來不太會主動搭理我的瑪莉安，現在看到我，不但會主動打聲招呼，甚至偶而還會有些簡短的對話交流。

從柏頓太太幾次的話語中，依稀可知她對來自捷克的瑪莉安，並沒有如對義大利的艾莉西亞來得欣賞。

艾莉西亞有張圓潤姣好的臉蛋，配上剛剛好的身材，從她身上自然散發出，宜人的南歐風情，加上溫婉可親的談吐，總讓人一眼就感到賞心悅目。

瑪莉安剛好與艾莉西亞相反，雖然身型高挑，但過於消瘦白皙的臉龐，像似愁思滿布，常常要透過髮色的變化，還有化妝的搭配來加以襯托。

只是，人工雕飾的外表，想必很難討好，走過了數十個年頭，品頭論足自有一套基本功力的柏頓太太！

「Chryssa，妳看彼得，每次都會帶點心來給我。他爸爸走後，這八年多來，他就算再忙，都還是會來看看我。」

聽著柏頓太太的陳述，我倒沒有感受到彼得的熱情，一副不得不盡人子的義務，還有瞬間不耐煩的模樣，反倒更加深刻些。

「不過，我可一點都不喜歡艾琳，他老婆。」

半蹲在馬桶一旁的我沒有答話，持續用勺子舀水，協助柏頓太太清洗身體。

「總愛捍衛自由的愛爾蘭女人，還有臉上老是展現當家主權的樣子，妳懂吧！」

終究，婆媳問題還是不分國界的。

「我明白。」

「哼！連耶誕回來的時間，竟然還要那女人的同意。」

柏頓太太還是很在意，兒子剛剛說的話，只是在兒孫面前，不得不把話硬吞了下去。

「妳知道嗎，我又不能不收她的東西，免得彼得又說我不夠大方。說老實話，她的東西根本就不合我的口味，只是為了我的彼得，還是得勉強應付一下。」

「嗯，我瞭解。」

我扶著柏頓太太起了身，握住助行器站好之後，兩人一前一後，往洗手台方向前進，一連串進行洗臉、泡假牙，還有漱口，完成每晚的必備步驟。

「Chryssa，妳覺得我的兩個孫子如何？」

原本以為可以繼續當沉默的聽眾，沒想到柏頓太太還是開了口，我斟酌了用詞，盡量避免冒犯向來謹慎敏感，又在意著兒孫的柏頓太太。

「還不錯，不過，看起來兄弟兩人個性不太一樣。」

「是啊！我也這樣認為。我很喜歡約翰，跟彼得小時候很像，很聰明又喜歡念書，雖然每次來都待在一旁，沒跟我說什麼話。不過，看他這樣也讓我很開心！」

我想起了約翰冷冷的神情，不知道柏頓太太是否也有感受到。

「那麥克呢？」

「沒什麼特別，那毛躁小子啊，簡直跟艾琳一模一樣。」

柏頓太太隨即沉默下來，給了我狀似一頭霧水，卻又清楚不過的答案。

「Chryssa，記得走的時候，要將艾琳帶來的食物放在冰箱裡。」

「好的，沒問題。」

我將冰箱裡的葡萄還有半杯牛奶，遞給柏頓太太時，也立即回了話。

走出公寓迎面吹來一陣挺涼的冷風，而我在公車亭等了好一會，才搭上公車。一路上身體十分倦怠，尤其喉嚨不停地搔癢，也許是前幾天跟指導教授見完面，又熬夜趕交報告，過於勞累，沒有適當休息，可能快傷風了。

「Chryssa，今天怎麼比較晚回來？路上有塞車嗎？」

還坐在沙發上看電視的室友莉卡，聽見開門的聲音，對進門的我問了一聲。

「妳還沒睡啊？我好像有點生病了，喉嚨挺痛的。」

「想說妳還沒回來，我有點擔心。要不要喝杯溫熱的檸檬蜂蜜水？我幫妳弄一杯，喝一點看看，喉嚨應該會舒服些，天氣開始變涼，妳可別感冒了！」

「好的，謝謝妳！」

從學校宿舍搬離之後，透過同學的介紹，認識了來自希臘的莉卡，她跟我一樣，早我三年入學，畢業之後，在滑鐵盧車站不遠的一家小型服飾店裡工作。

當時，正值她的日本室友離開了倫敦，還回日本，而租屋處多出了一間空房，也需要找個室友來一起分擔租金，我便適時搬了進去；經過了好幾個月的相處，莉卡的豪爽真誠，一直是她最讓我欣賞的優點。

「味道還不錯呢，莉卡。」

一邊喝著檸檬蜂蜜水，倦怠的身體稍微恢復了些體力，柏頓太太的聲響突然閃過我的腦中，二話不說的我立刻站了起來，打算奪門而出。

「怎麼啦，妳不是剛回來，十一點多了，要去哪裡？」

「完蛋了，我竟忘了把柏頓太太的食物放到冰箱裡。」

我想，莉卡應該也被我慘白的臉色嚇到了。

「別慌，沒事的。現在這麼晚，老太太肯定睡了，妳就算去了，也沒辦法進去處理。」

「而且，妳不是不舒服，萬一生病了，什麼都不能處理，還不如早點休息，等明天起來再說。」

坐在沙發上的莉卡，用了她慣有的鎮靜，還有成熟的思慮，再度提醒我，休息夠了才能好好處理的前後順序。

「也是！妳去睡吧，我把這杯喝完，再想想該怎麼做。」

我說完話，又喝了幾口檸檬蜂蜜水，雖然喉嚨舒緩許多，思緒卻依舊不安。也許，是因為喚起前不久，跟柏頓太太之間才引發的小衝突。

「Chryssa，我有話要跟妳說，把妳的東西放好，先過來這裡！」

還記得當時，我才剛進門，走到了小客廳，望著沙發上的柏頓太太，還有她那張鐵青的臉時，一臉不解的自己。

「怎麼了，柏頓太太？」

「昨天晚上回去的時候，妳有沒有忘記我交代妳的事？」

英國人向來拐彎抹角，婉轉客套的方式，對在此待了多年的我來說，還是很難習以為常。

「應該沒有吧？！」

只是，看著滿臉憤怒卻又異常冷靜的柏頓太太，讓我內心不禁打了哆嗦。

「我不是說要關上走廊的燈，結果到今天早上燈都還亮著！」

「妳知道這一整晚浪費的電有多少嗎？都可以付妳好幾天的薪水了！」

　　還沒等我開口道歉，柏頓太太爆發的連珠炮，火力四射迎面襲來。即使瞭解她肯定憋了一天的氣話，仍是覺得受到言語上的盛氣凌人。

　　「我很抱歉，柏頓太太。昨晚匆忙離開時，忘記把燈關掉，是我的錯。」

　　望著柏頓太太脹紅的臉，我先吸口氣，才給了回應。

　　「我知道，我的疏忽讓妳很生氣。只是，我不是故意的，是真的不小心忘了。如果，妳覺得我白白浪費了妳很多的電費，讓妳無法接受，請妳明天一早打電話給中心經理，把我換掉也可以！」

　　我吞了吞口水，謹慎地對柏頓太太，說著想好的每字每句。

　　「而且，我希望妳能明白，這份『微薄』的薪水，是我東奔西跑，辛苦付出勞力才掙來的。」

　　在心裡作好了最壞打算的我，反而態度更加沉穩了些。

　　「小妹，剛剛妳去廁所，是不是忘了關燈？」

　　中學下課回家後，面對整堆的作業要做，有點煩躁。走出房間去廚房冰箱拿水時，剛好還在廚房忙的媽媽，看到我的出現，突然開口問了一聲。

　　「我有關燈啊！」

　　「妳什麼時候去的？」

　　「大概十五分鐘前吧！」

　　「是嗎？如果，真的忘了關燈，坦白跟我說就好，我不會

罵妳的。」

「可是，我從廁所出來時就有關燈啊！」

「媽媽不是說過，小孩子不能說假話騙人的。」

「我知道啊，我又沒有騙妳！」

「怎麼啦？妳們母女倆在吵什麼？」

爸爸剛好來廚房倒茶，聽到我們在廚房的爭論，連忙上前問了一聲。

「我剛剛去上廁所時，發現電燈沒有關上，而之前剛好看到她去上廁所，就問了一下。」

「媽媽認為我說謊，好像是說我明明忘了關燈，硬說有關。可是，爸爸，我真的有關燈啊！」

青春期的叛逆性格，一時之間即將引爆起來。

「燈沒關，是什麼時候的事？」

「大概就四五分鐘前吧？可是你女兒說十五分鐘前，所以，我們兩個人說的情況兜不攏。」

爸爸突然看著我們，笑了起來，接著，拍了拍我的頭，再走去拉了拉媽媽的手，換他開口。

「不好意思，那是我啦！我剛剛在擦車子弄髒了手，要去洗手，又看到妳在廚房洗東西，只好繞去廁所裡清洗，洗完後，手還溼溼的，就忘了關燈啦！剛好短短幾分鐘，所以妳沒看到啦！」

「就說不是我嘛！」

我對著爸爸，小聲地說了一句。

「原來如此，是我弄錯了！好啦，媽媽不對，是媽媽誤會妳了，可不可以原諒媽媽？」

「當然可以啦，只是，以後妳要相信我說的話啦！」

「誰叫妳以前總不聽話又常挨我罵，我都忘了，妳已經升上三年級，也慢慢懂事了！」

「今天是我的疏忽，真是對不起！不過，女兒，爸爸要跟妳說，以後不管有什麼事，好好跟妳媽媽說，她都會理解的。因為，妳可是我們的寶貝女兒喔！」

爸爸接了話打圓場，不僅平息這場小小風波，也串連媽媽與我的情感，並開啟日後母女之間更頻繁的互動。

「Chryssa，我沒有要妳離開。」

過了好幾分鐘的沉默，柏頓太太才回了話。

「以前我也生過病，曾在醫院休養了好一陣子，當時在醫院裡，看到很多病人，尤其是老人，都有一大堆問題要處理。所以，我知道照顧老人並不容易。」

聽到柏頓太太說的話，不光是我的情緒沉澱了許多，她的語調也緩和許多。

柏頓太太睜大渾圓的雙眼，直直望著我好一會，才持續說著：「Chryssa，以後別忘了，離開時要再三確定關好燈！還有妳可以準備了，待會要去浴室了。」

我望著柏頓太太有點溼潤的眼眶，什麼話也沒再多說，僅僅回應著：「好的，我這就去。」

只是，我還記得當時，一股微妙柔軟的氣氛，順著暖氣，

在房間裡慢慢地發酵；從此之後，柏頓太太的任何交代，我都明白，不可掉以輕心。

「是誰？」

「早安，柏頓太太。我是 Chryssa，可以先進去嗎？」

我一直在門外徘徊，七點四十五分了，差不多該是柏頓太太起床的時間，才按下了對講機的門鈴。

「好的。」

我見到一臉狐疑的柏頓太太，緊張萬分地表達昨晚的疏忽。

「所以妳特意跑來啊？」柏頓太太嘴角揚了起來。

「是啊，食物沒放冰箱，要是壞了就慘了，可不能再犯錯了。」

「也對，妳去處理吧！」

滷料的確原封不動的擺在餐桌上，我趕緊放進了冰箱。

不過柏頓太太從頭到尾一點也不在乎的模樣，完全不如她平日小心謹慎的作風，讓我實在無法置信。

「Chryssa，趕快回家去吧！看妳的模樣，肯定昨晚沒怎麼睡！我也該起來了，等下八點，白天的看護要過來了！」

不知是柏頓太太的料事如神，還是我驚惶未安的臉色所致。

「還有，昨天應該要對妳實話實說的。」

「怎麼了？」

　　「艾琳每次帶來的滷料實在很糟，我都沒動口過，要不就直接給艾莉西亞，或者，由隔壁的約翰森太太來拿去處理，所以，食物壞了也沒關係，其實妳根本不用在意的。」

　　柏頓太太隨後補上的坦白，瞬間讓我豁然明白，也釋放了緊繃了整晚的慌張。

　　「是喔！」

　　「呵呵，真不好意思，辛苦妳了，還特別大老遠跑來！」

　　當然，她臉上的開懷笑容，同樣令我印象深刻。

　　「沒事的，本來就是我的疏忽。那我先走了，柏頓太太，下周見。」

　　「好喔，下周見。」

　　坐在返家的公車上，透過窗戶往外看，天空裡蒙上一層薄霧的藍天。原來，難得清晨的倫敦，即使沒有如午後般，吸引眾人紛紛外出的陽光四射，也是另一種可以淡淡品酌的優雅。

　　或許，就像柏頓太太臉上，出乎意料之外的泰然自若，原來，人與人之間的種種難題，也可任由不同態勢取捨，或者煙消雲散，或者持續擴大。

　　「這些櫻桃很大顆呢！」

　　「是啊，媽媽難得來英國，要不要多買一點回去吃？」

　　「宿舍的冰箱放得下嗎？不是好多人一起共用，這樣好嗎？」

　　「沒問題的，而且，這些櫻桃很新鮮，幾天不放冰箱也沒

關係。妳這麼喜歡，肯定不用多久就吃光啦！」

　　夏日到來，退休了的媽媽，在哥哥幾番遊說之下，終於下了決定遠渡重洋，跟我在倫敦待了好幾個星期，還不時一同前往其他城鎮，一覽當地風土人情。

　　「時間還早，我們先去吃點東西，待會再去旁邊的超市逛逛吧？」

　　「好啊！」

　　我帶著媽媽，在離學校不遠的市集逛了逛，才轉往一旁的購物中心，在飲食區歇息一會，並挑選傳統的英式料理，讓沒試過的媽媽嚐嚐鮮。

　　「這是什麼？」

　　「是烤馬鈴薯，上面加了焗豆，很道地的英式料理，妳吃吃看！」

　　「整顆烤馬鈴薯啊，看起來還不錯，我可是第一次吃呢！」

　　「是啊，妳嚐嚐，覺得如何？」

　　媽媽一口一口慢慢的咀嚼，似乎挺滿意首次的品嚐。

　　「好吃好吃，我們在妳宿舍廚房也可以來試試看。」

　　「不用麻煩啦，只要妳想吃，我就帶妳來吃，很多地方都有，價格也不貴。」

　　「是嗎？但我要待好幾個星期呢，還是省一點，多餘的旅費就留下來給妳用！」

　　「不用特意留給我啦，妳之前給的生活費都還夠。我會帶

妳看看不一樣的大城小鎮,吃些台灣沒有的東西,好好開心玩最重要!」

經過幾個月的密集訓練,與柏頓太太之間的情況都相安無事。不過,卻不知從何時開始,她突然一改以往嚴謹的作風,總會找些空檔,詢問關於我的私事。

「上次我問了妳家人,妳說妳媽媽之前有來倫敦看過妳?她很開心嗎?還會再來倫敦嗎?妳自己在這裡,有沒有常常打電話給她?我想,她一定很想妳。」

柏頓太太好幾次的問話中,即使話題都繞在媽媽身上,仍隱約讓我覺得,她心中那份對孩子們的思念之情。

「好多年前,我爸爸過世了,後來媽媽退休,就建議媽媽來英國走走。她很開心跟我一起過了幾個星期,雖然難免有小小的口角。媽媽很喜歡英國,一直希望能再來,可是,這一兩年,她身體比較差,長途旅遊的計畫得暫時耽擱了。」

「這樣啊!本來還想說,要是她有再來倫敦,說不定,妳可以帶她來跟我聊聊呢!」

「柏頓太太,謝謝妳的好意,可是我媽媽不會說英文。」

「喔!沒事,我只是說說啦,妳知道的,人老了,也沒剩多少朋友了。」

「我明白了。」

「媽媽,妳看,大教堂很壯觀吧!」

　　錯開讀書交報告的時間，我準備了幾天的旅行，帶著媽媽，從倫敦出發，往北延伸，穿過愛丁堡，抵達蘇格蘭高地，而小鎮約克，是北上停留的第一站。

　　「是啊，這裡比倫敦安靜多了，我喜歡走在這些小街道上，彷彿回到小時候，每次放學回家，我都會站在家附近的街道上，往左鄰右舍看去，就像現在這樣。」

　　媽媽伸開雙臂，仰頭看了看出現藍天白雲的天空。

　　「是喔！那很棒呢！要不要進去走一走？」

　　「當然要啊！」

　　我們進了大教堂，繞了一圈，出來之後，還在小鎮的街道上慢慢散著步，等到傍晚的時候，才回到民宿休息。

　　「媽媽，怎麼啦？這麼早起，沒睡好嗎？」

　　隔天一大早，媽媽早已盥洗梳理完畢，在一旁的椅子上等著我，準備下樓吃早餐。

　　「沒事，昨天不是去了大教堂嗎？」

　　我一邊快速準備著，一邊與媽媽對著話。

　　「是啊，今天想帶妳去市中心逛逛，去喝這裡有名的下午茶。」

　　「等一下，我想再去大教堂一趟，我很喜歡那裡的感覺。」

　　「好啊！先去大教堂，之後再去喝茶吧！」

　　「應該是這條路沒錯，我們繼續走吧！」

　　媽媽出了門，堅持她記得昨天的路徑，婉拒了我的帶路。

「媽媽，這裡沒什麼人呢！」

走了好一段路之後，我站在一旁，覺得有點不太對，拿了地圖出來比對，才發現往大教堂的方向偏了。

「沒錯的，我記得是這個方向。」

「人越來越少了，妳記不記得？大教堂附近商店很多呢！」

「是嗎？是我弄錯了嗎？」

「我剛看了一下地圖，應該要往回走！」

「是嗎？妳確定？那好吧！」

媽媽的臉色有點凝重，開始沉默起來。

「只是記錯路，沒什麼大不了的，走了不少路，先幫妳點杯咖啡吧！」

因為繞了遠路，媽媽有點走不動，我們便取消原本要光臨的下午茶店，在距離大教堂不遠的前方，找了家咖啡館，進去歇息一會，並點些蛋糕吃。

「妳啊！說話的口氣就跟妳爸一樣！」

「不要每次都說我跟爸爸一樣，我跟爸爸個性是很像，但還是不太一樣！而且，我剛剛只是陳述了事實！」

「算了，不是妳的問題，是我自己弄糊塗了。」

媽媽喝了口咖啡，竟然同時掉了眼淚下來，讓一旁的我嚇一大跳。

「媽媽，怎麼啦？怎麼哭了？是我提到爸爸的緣故？我不是故意的，只是不喜歡妳總是這樣說。」

　　媽媽又喝了一口，擦了擦淚水，才緩緩陳述起來。

　　「妳知道嗎？以前妳小時候，我們一家人出去，不管去哪裡，都是我帶路的，也從來沒有弄錯過。沒想到，真是不中用了，連找個去大教堂的小路，也會找不到。」

　　「我難過的是自己真的老了，沒用了，而妳爸爸又不在了，就只剩下我一個人。」

　　媽媽的眼淚又掉了幾顆出來。

　　「沒有的事，媽媽。妳看，妳才來約克一天呢！連我之前有來過，對這裡也不熟，還要看地圖呢！哪裡是沒用，等下我們再去大教堂走走，肯定沒問題的。」

　　「這樣嗎？妳不認為是我老了嗎？」

　　「媽媽才不老呢！退休了還大老遠飛來英國，跟著我東奔西跑，去了不少地方，體力好得很，事情也記得很清楚，哪裡沒用啦？」

　　「妳啊！這張嘴啊！」

　　「跟爸爸一樣，是吧！」

　　還沒等到媽媽說完，我便馬上接上去，讓媽媽有點小小驚訝。

　　「就是啊！還說不像妳爸爸！」

　　「好啦，沒事，誰叫我是爸爸的寶貝女兒呢！」

　　「也是我的寶貝女兒！妳看妳每天都帶著我，到各地去走，真是夠辛苦了！」

　　媽媽隨後補上一句，終於展開一貫的笑顏。

「Chryssa，妳先幫幫我擦些乳霜吧，背上與大腿上都
要！」

「好的。」

替柏頓太太擦乳霜這件事，也是沒有預期的插曲，那是剛
過完耶誕與新年不久，新的一年開始之際。

「Chryssa，先幫我拍一下背，等下再去清理垃圾。」

事情都完成後，才要前往廁所整理時，柏頓太太冷不防叫
了我一聲。

「拍背？有哪裡不舒服？」

這也倒是頭一次，看到準備就寢的柏頓太太，眉頭已緊皺
成一團的不悅表情。

「妳拍就是了，我快受不了了。」

依照柏頓太太的指示，我的手順著她的脊椎兩側，靠近肩
胛骨的部位，隔著棉質睡衣輕輕拍著。

「再用力一點，太輕了，沒什麼感覺。」

「不要太用力吧！老人的皮膚比較脆弱。」

「可是我好不舒服，真是癢到很難受呢！」

「太癢？哪裡？我剛剛拍的這些地方？」

「是啊！這幾天晚上都癢到難以入睡，我都要拍一拍，就
會比較好。對，就是這裡，繼續拍，繼續拍，再用些力，不要
停！啊，真的好舒服！」

或許，由於在英國待了幾年下來，我自己也有類似皮膚發
癢的經驗，總覺得情況不是如柏頓太太所說，也不是拍拍就

好，靈機一動的我，遂開了口：「讓我看一下妳的背部，好嗎？」

果然沒錯，剛剛拍過的部分皮膚都有點泛紅，有些部分還浮現了明顯的白色皮屑，跟我的情況很類似。

「柏頓太太，我知道為何妳會發癢了，妳等我一下。」

我想起了背包裡隨身攜帶的護手霜，立即取來使用。

「柏頓太太，是不是好多了？」

雖然是手部專用，我想，乳霜應該都是可以保護皮膚的，加上眼前也沒有其他替代品，只好姑且一試。

「是啊！舒服多了，妳塗了什麼？」

對著柏頓太太，我告訴了她之前自己的發癢狀況，應該是過度清潔，卻又缺乏滋潤，加上乾燥多變的天氣影響。不過，也可能是，長期在密閉室內，持續使用暖氣的緣故。

「這樣啊，我倒是沒有擦乳霜的習慣，從年輕就不習慣，也懶得塗抹這些有的沒有的東西。」

「柏頓太太，妳的皮膚太乾，加上皮膚老化，滋潤度不夠，不擦些乳霜可不行的。」

「我知道了，就是會發癢的部位吧，所以，唯一的解決方法，就是多擦乳霜，是吧？」

「我自己是這樣的，洗完澡就要立刻擦，平時也定期適量補充。這罐是護手霜，但還算滋潤，妳就留下來用用看！之後再去買乳霜來用。」

「好的，我來試試看。」

「柏頓太太，還有一點。」

望著門窗扣緊，又悶不透風的臥室，我也想起了暖氣的問題。

「以後開暖氣時，就在房間裡放盆水！」

「為何要放盆水？我可從沒聽說過這回事。」

「奶奶，這是什麼？」

小時候的我，偶而往奶奶房間裡跑，總會在那裡發現許多新鮮事。

「小丫頭，就是一盆水啊！」

「為什麼要在房間裡放盆水啊？是要洗手嗎？」

「不是洗手啦，妳忘了，廁所不是就在隔壁。是這幾天寒流來了，奶奶年紀大，皮膚很乾，冷風每次灌進來，皮膚就很難受，放盆水，房間裡就不會太乾燥，皮膚也會比較舒服！」

「這樣啊！我還不知道這回事呢！」

「妳還小，人生還長，慢慢來，還有很多東西要學！」

「知道了，奶奶記得多教教我喔！」

原本以為我說的，不過是一般的生活常識，卻沒想到經歷了人生大半輩子的柏頓太太，竟然出現了前所未聞的反應。

「密閉房間裡的暖氣，會讓房間太過乾燥，放一盆水，可以調節房間的溼度，再加上乳霜的補充，皮膚的水分比較不容易流失，乾癢也會減緩。」

「是這樣嗎？是台灣人的獨特祕方？」

面對柏頓太太提出的問題，真讓我有點啼笑皆非。

「不是台灣人的獨特祕方啦，是我小時候奶奶告訴我的。妳試試看，過幾天就會知道了，若沒有效，就不要用啦！」

春天到來之際，對柏頓太太之前掛的保證，確實有好的效果，讓她相當開心，想不到我的小小建議，竟幫她解決每年冬天都會出現的難題。

從此之後，或許柏頓太太漸漸對我有了更多好感，也對我的事情有了更多興趣，更加頻繁問我關於家人，或者課業上的情況。

「媽媽，只剩下一個星期，還有哪裡想去？」

媽媽坐在書桌旁的椅子上，很悠哉地吃著她喜歡的藍莓優格。

「妳啊，這幾個星期來，帶我去了好多地方，從倫敦劍橋開始，到約克，到蘇格蘭，再飛到愛爾蘭，還搭火車去北愛，差不多大城市都走遍了！」

「也是，一直都跑來跑去的，剩下這幾天，就挑倫敦附近的景點吧！今天天氣挺好，我們不妨去溫莎城堡看看？」

「我記得有個『不愛江山愛美人』的溫莎公爵，就是那裡嗎？」

「是啊，上次去愛丁堡，妳說妳很喜歡看城堡，之前也去過了里茲城堡，就差溫莎城堡啦！那裡是倫敦的近郊，附近一帶很清幽，我想，妳會喜歡的。」

「一定的！那麼，就等我吃完吧！」

「沒問題！我等妳！」

媽媽一口一口，用小湯匙慢慢吃完了手上的優格，開心地笑了起來。

「真是值得啊，城堡裡看了好多東西，天氣好，遊客也多，感覺都不一樣了！」

媽媽跟我花了大半天遊覽，才離開了城堡，並趁著等火車的時間，在泰晤士河畔逛了逛。

「是啊，英國的午後太陽最耀眼，只要陽光出現，哪裡都很漂亮。」

「那裡有幾隻大白鵝，我過去看看！」

看著河面上的幾隻大白鵝，媽媽突然開了口，一股腦兒快步走過去，在河畔前蹲下身，像個孩子似的，完全不若往日的媽媽，總是小心拘謹的模樣。

「媽媽，差不多了，我們該去搭火車，我們說好要帶妳去倫敦一家日本料理店，妳不是昨天跟我說，還想再去吃一次拉麵？」

我看著手錶，只見媽媽仍蹲在河畔旁，兩眼直直盯著大白鵝的模樣，便走了過去。

「媽媽，妳有聽到我說的話嗎？」

「有啦。」

媽媽雖是回應了我，姿勢卻沒有改變。

「下班火車要來了，我們得去搭車了。」

「好啦。」

結果還是一樣。

「媽媽！」

媽媽終於回過頭，看了我一眼後，才開了口。

「我不去吃了，反正中餐也吃了不少，現在不餓。妳看，今天天氣這麼好，我想在這裡多待一會啦！」

媽媽說完了話，再度恢復原來的姿勢，持續望著眼前，在河裡游來游去的幾隻大白鵝。

「那好吧！我去旁邊的長椅坐著，妳要是累了，或肚子餓了就跟我說，我們改搭晚一點的火車回去。」

我望著媽媽，堅持要多待一會的模樣，甚至流連忘返的興奮心情，雖然感到訝異，卻也相當懷念。畢竟，媽媽像這樣自在放鬆的神情，似乎只在我讀小學，一家人定期出遊時才會常常出現。

「等下要上飛機了，我剛剛跟服務人員交代好了，有什麼事，她都會協助妳的。」

「她會說中文嗎？」

「當然啦，媽媽，她是台灣人，只是在倫敦工作，妳忘了，妳搭的是我們國家的飛機啊！」

「對喔！我都忘了，我買的是來回票。」

「就是說嘛！還要買什麼東西嗎？」

「不了，買很多紀念品了！妳自己一人在這裡，要加油。」

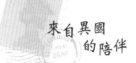

「我會的,放心啦!」

「謝謝妳,這一個多月來,真的讓我很開心,看到妳長大了,還會做飯給我吃,尤其是義大利麵,真的很好吃!」

「也是該長大啦!媽媽也要照顧自己,我等有空再回去。」

媽媽看著我,摸了摸我的頭,接過了我手上的行李箱。

「時間差不多了,那我去登機了,妳趕快回去宿舍,不要在外待太晚。」

我向服務人員點了點頭,看著她陪媽媽走到手扶梯口,上樓之前,媽媽還對著我揮了揮手。

「好喔,媽媽,一路平安,等妳到了,我再打電話回去。」

「沒問題,快回去吧!」

原以為學業可以在預計的時間內完成,只是,現實不如我所想。尤其論文不是隨便寫寫就能交差,不僅要言之有物,還得達到指導教授認可的標準。

即使在台灣與倫敦之間幾次來回,我依舊在倫敦待了不短的時間。而且從第三年開始,因為龐大的生活費用問題,我選擇遷出了宿舍,找尋便宜的租屋;同時展開了打工兼差,省吃儉用的日子。

「最近怎樣?課業都還好嗎?指導教授那裡還順利嗎?什麼時候可以回來?」

　　自從媽媽離開倫敦，母女間之後的對話，類似的話語都會不時反覆出現。

　　「都可以，指導教授還不是很滿意，加上生活費用不太夠，幾個月前，我開始找了工作，兼些課教教社區小朋友，還有當居家看護，去照顧一些行動不便的老人家們。」

　　我等了好幾個月，才老實告知媽媽打工的情況。或許是因為知道，對我期望很深的她，應該很難接受我的這份工作。

　　「什麼？當看護？照顧行動不便的老人？妳可以嗎？那不是很辛苦？到底還缺了多少，我來想想辦法。」

　　「媽媽，沒事，我說過我已經可以照顧自己了，妳忘了，這可是答應過妳的喔！」

　　媽媽聽到我的話，便嘆了一口氣。

　　「唉，如果真的太辛苦，妳就馬上回來，念不了就算了，可以回來照顧我這個老人，我來付錢給妳。」

　　話筒另端的媽媽，竟說了像個孩子似的話，讓我一時之間，不知該怎麼回應才好。

　　「媽媽，別傻了，我好不容易才走到現在，總是要堅持到底，這不是妳最初跟我說的話嗎？妳又不是不知道，這幾年來，我在這裡付出了多少心血。」

　　「就是知道，才會更捨不得！看妳念個書也這麼辛苦！」

　　「可是，我們不是說好，不要擔心嗎？」

　　「我知道啊，哪有那麼容易，說不擔心就能不擔心，妳是媽媽的心頭肉呢！」

　　聽著媽媽的話，腦海裡也浮現了媽媽只要一操心，眉頭就

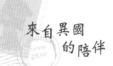

糾結成一團的緊張模樣，我停頓一下，才接著說下去。

「媽媽，妳還記得，以前我出生的時候，妳一直很在意的事嗎？」

「什麼事？」

「爸爸的舉動啊！」

「我有點忘了，妳說說！」

「當時，因為我的早產，等了幾天又生不出來，讓妳很危險，而醫生為了以防萬一，要爸爸先簽切結書，看是要選擇妳，還是我。」

「喔！那件事啊，我當然記得，結果，妳爸爸竟然執意什麼都不簽。」

「是啊，爸爸後來還跟我說，因為他相信母女都會平安。」

「妳又不是不知道妳爸爸，那是他不想面對處理的藉口啦！」

還好，媽媽笑了起來。

「所以啦，當初妳去教會醫院待產，一番折騰，結果母女都平安。那我相信，上帝肯定會保佑我，也會保佑妳的。我認為啊，上帝是無所不能的！不用太擔心！我不是跟妳說過，擔心我的時候，就祈禱吧！」

「好啦好啦，別再說了，我知道了，妳趕快去念書啦，要加油！」

電話另端的媽媽，突然停了好一會，傳來的聲音有點怪怪

的，但這次，我選擇不多問。

「妳也是，照顧好自己，下次再說吧！」

掛上電話，往往會浮現出國前，堅持送我到機場，媽媽那張放心不下的面容，當然還有上了飛機後，我對自己許下的承諾，要堅持到底，順利學成歸國。

「Chryssa，妳今天有點悶悶的？有煩惱嗎？」

事情做完，將牛奶遞給柏頓太太時，她看了看我，提出了她的疑問。

「喔，我在考慮要不要提出申請，更換新的指導教授。」

「為什麼要更換？發生什麼事嗎？」

「我跟這位教授很多年了，只是後來，彼此溝通出了問題，已經拖很久了，一直僵著也不是辦法，想找法子解決。」

「這樣啊，換掉是唯一的方式嗎？」

柏頓太太很認真的問著。

「至少，應該是比較有效的方法。」

柏頓太太看看我，沉默一下，接著說道：「我想一想，妳先去清理東西，等下再告訴妳我的看法。」

「好的。」

等我弄好了，回到臥房時，柏頓太太正襟危坐，手裡拿著聖經的模樣，倒讓我吃了一驚。

「柏頓太太，都弄好了。」

「Chryssa，這是我的聖經，妳還記得吧！」

　　柏頓太太將聖經拿到我面前。

　　那是一本封面書背都已破裂，還特別用了兩條橡皮筋綁住的聖經。

　　「我記得，妳一直放在床頭邊。」

　　「如果難以決定的話，那麼，我只有一個建議，這也是每次要做抉擇時，我會使用的方法。」

　　柏頓太太的眼眸，透過昏黃的床頭燈，看起來特別閃閃發亮。

　　「是什麼？」

　　「就祈禱吧！」

　　我沒有回話，繼續等著她說下去。

　　「我的意思是，我總是相信，上帝會替祂愛的人們做最好的安排。所以，妳既然說過妳相信上帝，就祈禱吧！上帝會安排妥當的。」

　　一句再簡單不過的話語，讓我聯想起我曾告知媽媽的相同建議。

　　一瞬間，我看著柏頓太太的笑容，突然恍然大悟。

　　「柏頓太太，謝謝妳的建議。」

　　「沒什麼，我相信妳知道該怎麼做的。」

　　「嗯，沒錯，我知道。」

　　「那好，如果都收拾好了，早點回去吧！」

　　「好的，柏頓太太，晚安。」

　　「晚安！下周見！」

　　「下周見！」

　　我走出了公寓外，正值倫敦的夏末夜晚，天氣依舊涼爽舒服，大街小巷裡，即使少了白天絡繹不絕的人潮聚集，也是另種不一樣的享受。

　　不管是什麼身分的人，前來旅遊的觀光客，或是安居就業的當地居民，都能感受到。只要越接近深夜，或者清晨時刻，大街上都有著整排點亮的路燈，讓整個城市，從白晝到夜晚，都能維持著一定的光亮。

　　就像柏頓太太與我，來自不同地方，有緣在倫敦相識，年紀差了好大一把，卻總會在需要的時刻，鼓勵彼此，讓堅持的內心信念點燃力量。一如我們好幾年來的情誼，依舊持續在我的心弦上，彈奏著優雅的獨特曲風，直到因緣際會，當我履行了承諾，離開英國為止。

故事二　堅強

堅強與柔弱，或許只是一體兩面，

突發情況下彼此調合，便能展現自若心境。

「費雷羅先生，這是 Chryssa，接下來幾個月，她會跟我一起工作。」

「你好，我是 Chryssa。」

「嗨，妳好！哇，真沒想到，有位年輕的東方小女生來照顧我這個老頭呢！好開心！」

第一次見到費雷羅先生，讓我印象深刻的，除了他說的話，還有他臉上開懷的笑容，少了初見陌生人的拘謹模樣。

固定一周兩天照顧柏頓太太，差不多兩個多月後，將近年末的耶誕季節左右，對我的工作表現挺滿意的中心經理瑪莎，不定時排了一些可根據我的課業來彈性調整，或與其他同事搭配，短期的居家照護案件，費雷羅先生的情況便是如此。

「你好，我是 Chryssa，瑪莎要我來跟你一起工作。」

「我知道，我是馬克。」

高聳瘦長的身軀，理著平頭，加上黝黑的膚色，見到馬克的當下，尤其是那雙深邃的雙眼，印象尤其深刻。

馬克狀似陽光的外表下，少了些應有的舒坦，或許是他說話時，不習慣直視對方眼神的不自覺反應，散發了某種迷茫的味道出來。

「有什麼需要注意的？關於費雷羅先生，中心沒提太多，說如果我有不懂的地方，問你就好。」

「跟我搭配的看護喬治，前陣子離職了。瑪莎說，因為要仔細斟酌費雷羅先生的身體狀況，找到確定合適的看護前，接

下來的時間，暫時由妳跟我一起搭配。」

馬克摸了一下平頭，雙手插入褲子的兩側口袋裡，用低嗓的喉音回話。

「好的。費雷羅先生是怎麼了？身體狀況很差嗎？」

「現在也解釋不清楚。等下進去，妳看了就知道。還有，記得看我的動作小心行事，沒事就少開口，以免他們問東問西。」

「問東問西？你說的是費雷羅先生一家人嗎？」

「那可不，不然還會有誰！」

突然冒出不耐煩口氣的馬克，讓即將一起工作的我，頓感意外，又莫名無解。

馬克說完話，轉過身來回不停地四處踱步，手裡不時撥弄著手機的按鍵。寂靜的午後巷道，在他灰色耐吉球鞋下方的層層枯葉，滋滋作響的聲音，格外明顯起來。

費雷羅先生居住的社區公寓，從女王公園地鐵站出來，先跨過三條街，加上兩個轉彎口之處。馬克與我，分別站在社區大門旁的大樹兩側，緩慢等待著。

我望了望手錶，再過些分鐘就到預計上工的時間。從眼前的鐵門望去，抵達住處之前，還要穿過一大片綠地才行。

「要進去了嗎？」

首次來此，加上不確定是否會遲到的疑慮，我再度開了口。

「還要一下子，工作時間從大門準時打開算起，之後才進去。」

馬克簡短交代完，省略了寒暄的話語，依舊側過身，徒留一旁的我，在寂靜的冬日裡持續乾等著。

「這是費雷羅太太，這是 Chryssa，從今天開始，每周一與每周三傍晚，跟我一起過來。」

開門應對的是位年約六十多的婦人，臉上有些許皺紋，搭配著一雙靈活的眼睛，笑容相當燦爛。

「妳好，我是 Chryssa。」

「妳好，我是蘇菲雅，我先生就麻煩妳了！」

蘇菲亞從頭到腳，一身天然的健康膚色，不同於夾雜些許雀斑，膚色偏白的英國居民，肯定是個旅英多年的外籍人士。

「好的，請放心。」

我微笑地點了點頭，跟著她與馬克的腳步，通過了狹長的走廊，往客廳走去，並與倚靠著牆邊，坐在單人沙發裡的費雷羅先生打聲招呼。

站在費雷羅先生一旁的我，還等不及回應他傳達的問候，從客廳另一端，迎面走來了個年輕壯碩，表情卻一絲不苟的女子，要我隨她前往廚房。

「馬克，你帶 Chryssa 去準備一下，今天先擦洗，等下再上藥。傷口這幾天有點擴大，塗藥時得特別小心，千萬別感染了。」

同時，女子也別過頭，對正往樓梯口走去的馬克大聲交代

著。

「Chryssa，這是待會擦身要用的臉盆，還有擦拭用的毛巾，妳先拿上去，放在靠近床頭的地方。」

接著，女子把焦點轉回我的身上，繼續吩咐著工作。

「對了，我是他的女兒，艾達。以後有什麼事，可跟我說。」

「好的，艾達。」

透過協助柏頓太太，按部就班的盥洗模式已瞭若指掌，然而，當我面對艾達的一板一眼，幾個月來累積的經驗，原來只是風馬牛不相關的事，根本無法派上用場。

「還有，妳記得，手腳要俐落，但絕對不能馬虎！」

「任何時刻，都要確保我爸不出差錯！」

準備離開廚房，轉身回客廳的艾達，回頭再對我補了幾句。

「好的，我知道了。」

一個初次造訪的家庭環境，一個幾乎不在意我存在的工作夥伴，還有艾達或馬克隨機下達的指令，我彷彿回到了最初，剛踏入柏頓太太家，凡事皆無脈絡可循，只能見機行事的情況。

「Chryssa，在這裡等著，等費雷羅先生過來，雙腳位置由妳來確認固定。」

「好的。」

「弄好之後，妳直接上去二樓的臥房門口，後面由我處

理。」

「還有，站過去一點，將走道的空間騰出來。」

「好的。」

如連珠炮般說完話的馬克，先將我往右推了一下，接著，展開了樓梯口安裝的升降椅，我才恍然大悟，他指的空間是為了什麼。

「費雷羅先生，我們要移往臥房了。」

我在馬克指定的地點等著，望著從沙發上撐起身的費雷羅先生，才發現他的體型魁梧，至少體重約有九十幾或一百公斤。

「嗯，讓我慢慢起來。」

費雷羅先生的右手撐著不太穩的木製拐杖，左手臂則由馬克攙扶著，半拖半拉，花了好幾分鐘，走到了樓梯口的升降椅旁，慢慢挨著身坐了下來，才將手裡的拐杖交給了身邊的馬克。

「Chryssa，妳過來這裡。」

費雷羅先生的龐大身軀，遠遠超過了升降椅位置的面積，整個人的坐姿幾乎傾斜了一邊，站在左側的馬克除了持續攙扶，還示意了我過去協助。

「好的。」

我移到費雷羅先生的右邊，一手撐著他的右臂，一手扶著他的右肩，配合馬克的口令，一同挪移了費雷羅先生的身軀，稍微扶正原本傾斜的姿勢。

「等等，他在流汗了，讓我來擦一下，不好意思，一下子就好！」

或許是密閉室內的沉悶，或許是剛剛費力的踱步，又或許是挪移坐姿的艱難，費雷羅先生的額頭與耳際，冒出了不少的汗，而一旁的費雷羅太太走過來，拿了手帕幫費雷羅先生仔細擦拭一番。

「等一下上樓擦洗換藥時，會有點不舒服，要加油喔，愛你。」

接著，費雷羅太太握緊費雷羅先生的雙手，彎下腰在他的臉頰上留下輕柔的一吻。

「嗯，我會的。」

簡短輕柔的言語交流，任誰都能輕易看出，這對夫婦之間，累積了數十寒暑，一路走來的深情款款。

「妳知不知道，妳媽媽以前根本不會做菜呢？」

記得大學時，有次假日午後沒事，媽媽正在示範如何準備煎蘿蔔糕，爸爸剛好進來廚房喝茶，三人在廚房裡聊了起來。

「我常常叮嚀她，切菜跟洗菜時要帶手套，她啊，硬是不肯。」

「是嗎？我不知道。不過，為什麼要帶手套？」

「先停一下，給妳女兒看看吧！」

爸爸拉著我，走到媽媽身邊，對我指了指媽媽的雙手。

「要看什麼？」

「妳看看妳媽媽這雙手，那可是一雙大家閨秀的手呢！」

「大家閨秀的手？那是什麼啊？」

爸爸拉起媽媽的右手，繼續說著：「那是我的形容詞，就是很漂亮的玉手啦！妳看看，除了手型很修長之外，手背的皮膚與紋路也都很細緻，摸起來又很柔嫩。」

「真的！不仔細看，還真不知道呢！」

我湊近了媽媽的手觀察，的確如爸爸所述。

「只是，長時間洗菜與切菜，很傷手，所以，我才說要帶手套比較好。」

「可是，媽媽不管洗菜或切菜，從來不帶手套啊！」

媽媽縮回了手，同樣對著流理台，完全沒搭理一旁的我們。

「就是說啊，還好，妳媽媽的手幾乎沒受什麼影響，依舊柔軟細嫩，妳來摸摸看。」

我摸了摸媽媽的手心與手背，答案同樣如爸爸所述。

「別聽妳爸爸亂說啦！」

媽媽突然插了話，嘴角卻微微地上揚，若有似無的笑了笑。

「我才不會跟女兒亂說！來，我看看妳的手，妳看，妳的手就沒有妳媽媽的手漂亮，摸起來也比較粗。」

「喔！沒關係，我不在意，只要媽媽做的菜好吃就好。我沒說錯吧？」

「妳啊，弄錯妳爸爸的意思啦，他是要妳好好誇獎他。」

　　趁爸爸拿起杯子，再度喝了口茶的瞬間，一旁的媽媽插了話。

　　「為什麼要誇獎爸爸？」

　　「剛剛不是說我以前不會做菜嗎？那是真的。結婚以前，我什麼菜也不會做，都是由妳爸爸一步一步慢慢教會的。」

　　「是喔！原來是爸爸教媽媽做菜的啊，可是，印象中，爸爸從來都只有弄些簡單的宵夜給我們吃！」

　　「我怎能搶妳媽媽的工作呢？是吧？」

　　一旁的爸爸跟著附和起來。

　　「媽媽做的菜已經很棒了呢，不過，這樣聽來，爸爸廚藝應該更厲害，是大廚師的等級嗎？」

　　「那可不！別小看我喔！我常常在想，以後要是退休了沒事做，來擺個麵攤也不錯，肯定很多人上門！」

　　這次換成爸爸的嘴角上揚，得意地大笑了起來！

　　「開麵館？如果都退休了，你還不嫌累啊！不是說好，以後要一起享清福，持續遊山玩水？你難道忘啦？」

　　聽到爸爸的話，媽媽頓時轉過頭來，對爸爸露出相當狐疑的眼神。

　　「是的，老婆大人！妳說得沒錯！我沒忘，只是跟女兒隨口說說啦！」

　　爸爸回了話，還不忘對我眨了眨眼。

　　「那就好，你去客廳啦，我們還要弄點心呢！」

　　「好，好，不吵妳們母女啦！」

　　爸爸媽媽往昔的一搭一唱，即使夾雜著拌嘴成分，即使爸
爸早已離去，話語裡瀰漫的濃情蜜意，依舊珍藏在我的記憶版
圖裡。若與眼前的費雷羅夫婦相比，一點也不相上下！

　　等費雷羅太太慢慢弄完，我瞥見馬克掃來的監督目光，便
立即彎了腰，伸出雙手，先檢查費雷羅先生的兩側腰帶，確定
扣緊之後，再蹲下身同樣確認踏板上的雙腳，是否有穩當放
好。

　　「都好了嗎？」

　　「好了，可以上去了。」

　　我起身回應馬克，立即以小碎步奔往二樓，站在臥房的門
口，等待即將到來的升降椅。

　　「Chryssa，靠近一點，等我們轉身後，妳馬上過來攙
扶。」

　　我望著費雷羅先生，跟著升降椅的頻率，一階一階的爬
升，終於抵達二樓的樓梯口，馬克跟在升降椅後面，從樓梯走
上來，先扶著費雷羅先生的肩膀，再對我吩咐著下個步驟。

　　「好的。」

　　費雷羅先生起身，由右側的馬克協助調整方向，我立即前
往左側，同樣伸出手撐住行動遲緩且體重不輕的費雷羅先生，
三人一同走進臥室，將他安置在床上坐好，等著馬克進行接下
來的更衣。

　　「妳去浴室弄點溫熱的肥皂水，我來處理其他部分。」

　　等我將臉盆放在床邊，只見費雷羅先生面對床鋪的站姿，兩隻肥胖的雙手緊緊握著床沿旁的欄架，睡褲已褪下，很吃力地站著，尾椎部位，明顯暴露著大面積的褥瘡，馬克則站在他身後，帶著已沾滿了藥膏的手套。

　　「艾達不是說要先擦洗，再來處理傷口？」

　　第一次瞧見褥瘡的模樣，尤其傷口不淺，讓我相當地震撼。

　　「現在是誰在處理？誰才是看護？照我做的就對了！快點！」

　　無視於費雷羅先生辛苦地站著，馬克的回覆不僅讓我感到惶恐，更像受了脅迫，我愣了好一會，沒有進一步採取行動。

　　「算了，毛巾給我，妳過來扶著就好。」

　　馬克看了看不發一言的我，語氣和緩了些，先用一旁的紙巾將手套的藥膏擦掉，接著將我手裡握著，沾了肥皂水，有點微溼的毛巾取走。

　　我跟馬克兩人，再度陷入了最初的寂靜情境裡。不知為何，我還是輕易地從他的雙眼裡，感受那股強烈的茫然感。

　　「哇，好痛啊！」

　　小學的體育課，為了湊整兩隊人數，老師加入了躲避球比賽，他才剛出手，球便擊中伸出手接球的我，猛力擦及左手無名指與小指間的指縫。

　　「怎麼回事？」

老師見我蹲下來喊叫著，焦急地跑了過來。

「老師，你的球，剛好擦撞到她的手啦！」

我還來不及回話，同隊的同學便代我陳述了剛才的驚險過程。

「是喔！抱歉，是老師的疏忽，有沒有受傷，讓老師看看。」

「老師，沒事的，我馬上帶她去保健室，同學還在等著比賽呢！」

班上有個總自以為是，又人緣極差的女生，突然自告奮勇，聞聲跑到我的身邊。

「好的。」老師鬆了口氣，接著對向全班說著：「沒事了，大家各自歸隊！比賽要繼續啦！」

「呵，真是多謝妳的手痛，讓我可以離開討厭的躲避球比賽！」

得意洋洋的女生，正要伸手拉著我離開操場時，還不忘補了句刺耳的嘲諷。

「不需要，我會陪她去。」

有個與我交情不錯的女同學，剛好位在一旁的啦啦隊裡，聽見該女生說的話，順勢做了回應。

「還有，妳最好馬上回去，並跟老師說，換我陪同前往，不然我等一下把妳剛剛說的話，報告給老師知道，看妳怎麼解釋！」

兩人前往保健室走去時，身旁的女同學更加了句話，適時阻擋向我迎面而來的蠻橫之舉。

　　我走近費雷羅先生，站在他的後側，一面用左手扶著他厚實的肩膀，一面用右手把睡衣撩起，看著馬克，避開了褥瘡的大傷口，用溼毛巾快速擦拭他的背部，毛巾便瞬間回到我的手上。

　　「這樣就好了？」我將眼神從手上用過的毛巾，移到了床尾折疊好的大浴巾。

　　我打破寂靜，決定開口提問。

　　沒有等我回應過來，馬克不僅已將厚甸甸的藥膏，大片敷在傷口上，還替費雷羅先生穿上了紙尿布與睡褲。

　　「當然，工作完成了。這浴巾就不需要了。」

　　馬克說完話，隨即脫下髒污的護理手套，往放在床尾地板上，袋口已展開的小垃圾袋裡丟去。

　　「等下記得蓋好被，把床沿四周清理一下，我下樓去了。」

　　「我知道了。」

　　我們將費雷羅先生扶上床，安穩平躺歇息後，馬克離開了房間，往樓下走去，仍待在房間裡的我，望著他的身影，突然輕鬆了許多。

　　「費雷羅先生，怎麼了？」

　　我返回床邊，調整好棉被，環顧四周時，不經意瞧見了費雷羅先生臉上，仍舊張開的雙眼。

　　「我要休息了，不過，想要跟妳說聲謝謝。」

「不客氣,好好休息喔!我下樓去了!」

「好的。」

「妳第一次來,都還順利吧?」

我下了樓,到了廚房,將臉盆與毛巾先歸回原位,接著處理好垃圾之後,在走道上遇見費雷羅太太,才點了點頭回應著,馬克便走到我身旁。

「妳的工作表在哪?要準備離開了!」

我順著他的視線,朝向他眼神聚焦的手錶,什麼話也沒多說,把背包裡的工作表交給他,由艾達簽完名之後,跟著他的快步,告離了費雷羅一家人。

「我趕時間,下回見!」

走出大門,站在同樣的大樹旁,馬克頭也不回,朝向與我相反的方向前進。

「下回見!」

尤其,當我對著他漸行漸遠的背影回了話,突然一陣難捱的滋味湧了上來,緊壓在我的胸口,遲遲無法散去。

「Chryssa,前幾次妳來工作時,一直沒機會跟妳聊一聊,現在剛好有點時間,妳不介意吧?跟我來。」

「好啊,我不介意。」

「妳看,這些都是我先生年輕時獲得的榮譽與勳章。」

趁著馬克在客廳,協助費雷羅先生修剪清理指甲的時候,費雷羅太太帶著我繞到隔壁的書房裡,一一介紹牆上大大小小的照片,相信她的確以先生的成就為榮。

「你們一家人來倫敦多久了？看起來應該不是英國人。」

「沒錯，我們不是英國人，是西班牙人。」

「我們在賽維利亞生活了大半輩子，生活相當悠哉。會來倫敦，主要是艾達的建議。艾達說她希望一家人一起生活，所以，胡立歐從軍中退休後，我們就還來倫敦生活，大概也十幾年了。」

難怪費雷羅太太渾身上下的活力，原來，是來自佛朗明哥舞蹈發源地的一家人。

「來英國這麼久了，還喜歡嗎？」

「除了陰晴不定的天氣，其他都好。」

「是啊，英國的天氣挺討人厭的。」

「胡立歐沒生病之前，我們的生活都還不錯，妳看看這些照片，我們總愛到處遊山玩水。」

「看得出來，照片裡的你們很開心呢！」

「只是，他年紀越來越大，自從心臟檢查出了毛病後，身體也越來越虛弱，一切都變了調，只剩下無時無刻需要旁人協助的居家生活。」

費雷羅太太突然打住了話，眼眶裡繞著不少淚水，接著，她深深地吸了一大口氣。

「放心，我沒事的。」

「我瞭解，人一旦生了病，什麼預定的計畫都沒辦法實現了。」

我對著費雷羅太太笑了笑。

「媽媽，怎麼了？吃了晚餐了嗎？剛剛吃飯時，沒看見妳。」

周末假日傍晚，不用工作的我，走到了客廳，赫然看見媽媽一個人，靜悄悄的坐在椅子上。

「我吃不下，妳爸爸這陣子脾氣都不好，剛剛在醫院時，又發了不小脾氣。」

「為什麼發脾氣？」

「他說他身體痛得很難受，整個人瘦了一大圈，心情很糟，我也不知該怎麼安慰才好。」

「那妳更要照顧好自己，妳身體這樣怎吃得消？還要上班，還要跑醫院。」

「可是我很擔心啊！他的情況越來越差，沒想到突然來的癌症會如此折騰一個原本健康的人，更別提他跟我約好的退休計畫，看來，都無法實現了！」

看著媽媽紅了的雙眼，一旁的我同樣不知該說什麼，停頓了好一會，才又開了口：「媽媽，剛好今天周末，有夜市呢，跟我一起去走走，或買點東西吃吧！」

「妳自己去吧！」

我望著無精打采，臉色蒼白的媽媽，依舊堅持著。

「難得周末，我們好久沒一起去夜市走走了。我記得，以前我們去夜市時，爸爸每次都說他不去，最後又總會出現在我們面前！」

「我也記得，那時候多開心啊！」

「是啊！我想，爸爸雖然生了病，也不希望看見妳變成這

樣不吃不喝呢！就當去散散步，好嗎？」

「我明白了，走吧！」

我拉著媽媽，打開了大門，任由媽媽緊緊勾著我的左手臂，像之前陪在媽媽身旁的爸爸一樣，在漆黑的夜晚，順著整排路燈的指引，母女兩人，踏著一致的步伐，往夜市的方向緩緩前進。

「艾達的大學是在倫敦念的，原本她畢業後，從事的工作是編舞與培訓，只是跟麥特離婚後，她就決定轉業了。目前她在金融機構上班，當理財顧問，可以彈性安排工作時間，只要她一有空，就會在家陪我們。」

若非費雷羅太太的解說，我實在很難想像，一臉嚴肅又落寞的艾達，曾是個精力充沛的舞者。

「麥特是我女婿，東倫敦人，跟他第二任老婆，兩年前搬到上海去了。」

費雷羅太太相當直率，對我提了不少自家人的私事。

「上海？離我國家不遠，我從台灣來的！」

「是喔，我知道台灣。對了，等我一下，我去看看。」

費雷羅太太說完，走到了書房門口，朝客廳看了看，好確認馬克修剪的進度為何。

「Chryssa，馬克還沒弄好，妳再等一下。」

費雷羅太太再度走進書房，告知目前的情況。

「好的。」

「還有，我們就跳過麥特這個話題，雖然艾達不在，不過胡立歐一點都不喜歡聽到我提起他的事。」

「沒問題。」

「我發現啊，在倫敦這裡，不管是結了婚或者單身的女子，都非常獨立，我甚至遇過不少單親媽媽也是一樣，樣樣事情都自己來。」

「獨立不錯啊！」

「話是沒錯，但在西班牙，女性就不是非得如此。我們很重視家庭觀念，很多事都可以跟家人分工合作，不需要獨自一肩挑起所有責任。」

「是嗎？有人彼此協助也很好！」

「Chryssa，我覺得，妳應該在倫敦也待了不短的時間，雖然年輕，感覺也是相當獨立！」

「我還好，畢竟一個人在外，又要念書又要打工，很多事情，還是得自己來才行啊！」

「這樣啊，應該很辛苦呢！」

「沒事的。我好像聽到馬克的聲音了，先過去看看。」

「好的，謝謝妳！」

也許，真是在異鄉裡生活久了，也真如費雷羅太太所述。然而，每每驀然回首，我才發現，過往發生的種種，都是因為爸媽有形與無形的支持，才能加速我的茁壯，更加獨立自主。

「Chryssa，妳先上去整理一下，費雷羅先生要準備上樓去了。」

才走出書房，就聽到客廳裡傳來馬克的呼喊。

「好，馬上過去。」

我轉了身，到廚房裡拿了櫥櫃旁的臉盆，還有牆壁架上，掛著晾乾的擦澡毛巾。

「辛苦妳了，Chryssa，悄悄跟妳說，胡立歐跟我都很喜歡妳，雖然只見了幾次面。還有，我們都知道，妳跟馬克不太一樣。」

準備上樓之際，費雷羅太太已在廚房門口等著，對我笑了笑，話說完之後，拍了拍我的肩膀，才準備煮水泡茶。

「我知道了，謝謝。」

費雷羅太太的舉動，總讓我不自覺想起，從小到大，每天一大清早，就會在廚房裡先泡壺濃茶，之後才開始做早餐的媽媽。

「桌上有封妳的信，是學校寄來的嗎？」

「是倫敦大學寄來的錄取通知，九月初入學。」

初春的季節裡，在廚房裡忙著的媽媽，看見進了廚房的我，隨口問了一聲。

「沒剩幾個月了呢？」

「是啊，要開始準備行李了！」

「一個人出門在外，自己要小心，外國可不比台灣，不是要什麼就有什麼。」

「我知道，以前在外地念過幾年書，看來又要離家了，只是這次得搭飛機才能到達。」

「是啊，妳又要離開我了，改天陪妳去買個大一點行李箱？」

「好啊！媽媽眼光比較精準。」

「時間過得好快，妳爸爸之前一直在盼這一天的到來，可惜他卻看不到了！」

「我不會辜負爸爸跟妳的期望的。對了，好久沒喝媽媽泡的茶，家裡應該還有茶葉吧？要不要泡壺茶來喝？」

我望著廚房櫥櫃上擺的各種茶具，憶起了小時候的陳年往事。

「不了，我最近在市場附近，看到一家新開的咖啡館，不如，我們一起走去喝杯咖啡，順便陪我散散步？」

「好啊，現在嗎？」

「是啊，今天下午天氣不錯，陽光四射，等我換雙鞋就去吧！」

各自點好了咖啡，媽媽跟我挑了戶外的空位坐了下來，任由微風輕拂，感受著陽光的溫暖映照。

「媽媽，妳不再泡茶喝了嗎？」

「泡茶？泡什麼茶？」

「妳忘啦，以前一大早，妳都會泡壺濃茶啊！」

「喔，那是泡給妳爸爸喝的，妳知道妳爸爸最愛喝濃茶。」

「可是，我一直以為妳也愛喝茶呢！」

「比起茶，我更喜歡喝咖啡，尤其是黑咖啡。」

　　媽媽拿起了咖啡，慢慢品酌了一口，繼續說著：「我跟朋友或同事出去時，都是喝咖啡，不喝茶的。」

　　「是喔，我不曉得呢！」

　　「好啦，別再提這個話題啦，出來曬曬太陽真好，這家店的咖啡還不錯！」

　　「是啊！沒錯！」

　　即使媽媽停了話題，讓我無法推敲，她決定不再泡茶的原因，是不想觸景傷情，勾起過往的種種，還是真的討厭喝茶。

　　只是，從媽媽沉靜的臉龐，我總能清楚看見少了爸爸在旁的落寞，從不曾真正遠離她。

　　費雷羅先生從客廳緩緩過來，也許是天氣寒冷，也許是暖氣不強，他依舊一臉倦容；好的是，今天他改坐在輪椅上，距離樓梯口只有三十公尺不到的距離，移往升降椅的情況，相較於之前吃力撐拐杖蹀步的艱難，還是順暢多了。

　　「東西都擺好了吧？」

　　升降梯抵達二樓之後，攙扶著費雷羅先生的馬克，突然轉過頭來，問了我一句。

　　「是的，都擺在床邊了，可以開始了！」

　　經過幾次的合作，大致上熟悉了馬克的行事作風，加上費雷羅太太不時的言語鼓勵，讓我慢慢放下緊張，恢復了平日的笑容。

　　「費雷羅先生，我要幫你擦身體啦！」

「嗯，好的。」

我從臉盆裡拿起溼毛巾，扭了八分的乾，正等著一旁的馬克的動作時，他突然冒出了句話：「等等，我想了想，妳是女生，擦澡這回事由我來比較妥當！」

「我沒問題，這沒什麼的。」

我一點都不介意，畢竟，在培訓期間時，見過護理人員替不少異性長輩擦洗，我還適時提供了不少協助。

「我知道，還是我來吧！」

讓我意外的，其實是馬克表達男女有別的觀點，一如他向來呈現，不容質疑的指令。

「妳是 Chryssa，我說對了嗎？」

馬克下了樓之後，等我差不多收拾乾淨時，床上的費雷羅先生突然開了口。

「是的，費雷羅先生。」

「我老啦！記憶力也越來越差了。」

「不會啊，你看，我們才見了幾次面，你就記得我的名字！」

「那是因為妳每次都很有耐心，我要是把妳的名字忘了，就太不應該了！」

「沒這回事啦！」

「年紀大了，又生了病，整天只能待在家裡，或躺在床上，總覺得好悶呢！」

「我知道，可是，我生病時也跟你一樣啊！」

　　費雷羅先生，聽著我說的話，微微笑了起來。

　　「你看看，外面天氣又冷，還會颱風下雨，有時說不定還會下雪，在家裡多自在啊，什麼都有，家人又在，身體也才能夠放鬆，好好休息啊！」

　　「嗯，沒錯！換個角度想想，感覺就沒那麼悶了！謝謝妳啦！」

　　費雷羅先生從被子裡伸出手，握了握我的手，輕輕笑了笑。

　　「不客氣。費雷羅先生，你要常常給自己打氣喔！好好養病才是最重要的，家人也會放心！」

　　好幾個星期以來，即使知道費雷羅先生只能透過吃藥與睡眠，來減緩生理上的不適，我還是每次等馬克下了樓，把房間清理乾淨之後，固定對他說些安心的話。

　　「我曉得了，我要休息了！」

　　「沒問題，我下樓去啦！」

　　順利完成了手上的工作，離開費雷羅家之後，馬克這次並沒有如之前火速離去，倒是一邊走著路，一邊開口與我對了話。

　　「妳從中國來的？」

　　「不是，瑪莎沒提嗎？」

　　「她沒特別說，我也不曾探究私人的事的。」

　　馬克提出的問題，也算私人的事，只是我沒打算說出口，不想中斷了聊天的過程。即使明白，每次看著他的神情，茫然

感就會卡住心頭，渾身不自在的感覺依舊存在。

「所以，是韓國來的？中心大部分的員工是韓國人。」

「不是，我從台灣來的。」

雖然知道自己的回答，有點不太情願。

「喔，我聽過台灣，我是北非來的。」

「北非？」

「利比亞，聽過吧！」

「聽過，但不瞭解。」

「呵呵，我也不瞭解台灣，這應該不會影響我們的談話，是吧！」

跟馬克一起工作好一陣子了，這還是我首度聽見他的笑聲。

「妳等下要去哪裡？」

「回家，我還有報告要寫，有書要念。」

「原來妳還在念書？真好，來英國之後，為了生存，我一直沒什麼機會多念書，雖然，來英國之前，我就不太愛念書。」

聽見馬克的回話，一時之間，還真不知該怎麼接話。

「我到英國很多年了，再等些日子就可以拿居留權了。」

「不錯啊，那就可以待下來了！」

「我也不是非常喜歡這裡，非洲天氣比這裡好多了，可是，總是得面對現實！」

「不打算回你的國家嗎？」

　　我看了看馬克，還是忍不住問了一聲。

　　「妳這不是白問嗎？如果我想回去，那又何必硬撐在這裡，等著拿居留權？」

　　「我知道，只是不懂你為何這麼想離開家鄉，如果你又不喜歡這裡。」

　　「妳不會懂的，我不想提這件事。」

　　「沒關係，等你想告訴我的時候，再跟我說吧！」

　　「Chryssa，我還有個問題，妳當看護開心嗎？」

　　正準備跟馬克分道揚鑣的我，往不同的方向前進時，馬克突然補了一句。

　　「很難說，我才當看護沒多久。而且，說實話，我壓根沒想到會有一天來當看護。」

　　「是嗎？」

　　「是啊，我之前總以為，在倫敦找份工作應該不難，畢竟是國際大都會嘛！事實卻不是如此，這裡每天都有太多外來人口在競爭。所以，當中心面完試，立即決定雇用我時，我還挺開心的，至少解決了手上的經濟問題。」

　　「這樣啊！」

　　「雖說當看護是為了生存，不過，也不盡然全是如此。」

　　我想起了與柏頓太太的種種互動。

　　「舉個例子，像我照顧的第一個老太太，熟悉了之後，就不光只是雇主關係，偶而也會聊聊天呢，這就讓我很開心。」

　　「喔，是那個老太太啊！」

「你知道她？」

「中心都知道她，她啊，總愛打電話去中心，每個去她家工作的看護都被她抱怨過。不過，最近抱怨的電話減少很多了，瑪莎總說妳對她很有一套，讓她的其他看護也輕鬆多了！是因為如此，我才跟瑪莎說，想要妳來協助我！」

原來，來費雷羅先生這裡，不是瑪莎的安排，是馬克的要求。

「那你呢？你當看護開心嗎？應該比我資深多了？」

我停頓了一下，繼續說著。

「看護就只是份掙錢的工作，雖然我從事這行好幾年了。」

「這樣啊！對了，我該走了。」

我低頭看了看手錶，準備結束這段未曾預期，又有點耗神的對話。

「嗯，我也該走了，先這樣，下周見！」

「好的，下周見！」

「你們遲到了！」

門一開啟，就看見怒氣沖沖的艾達，還有她迎面而來的劈頭式斥責。

我望了望手錶，還有鞋櫃上方，牆上掛的小時鐘，確定她說的並不是事實。

「我要趕著出門，其他就交給你們，待會我媽會回來。」

艾達的口氣相當急促，完全不在意我們的反應。

「等一下，我們八點就要離開，妳知道吧？！」

馬克的話裡，似乎沒有妥協的意思。

「知道，我媽會在的，我先走了！」

「她根本不該離開的！」

用力關上門後的馬克，還站在原地，壓根沒有想往屋內走的意味。

「怎麼回事？我不懂你說的？」

「費雷羅先生的身體狀況比較特殊，隨時都需要有人在家才行，尤其是使用升降椅的時候，以確保安全無誤。」

沒想到，馬克的口氣也開始變得急躁，夾雜了相當不安的情緒。

「我記得一直以來，包括升降椅，不是都由我們兩人來協助與檢查嗎？費雷羅太太跟艾達又不用參與？」

稍微安撫了馬克之後，我向客廳望了過去，只見費雷羅先生已好端端地坐在輪椅上等著。

「話是沒錯，只是，好幾年下來，這還是頭一次她們母女倆都不在。」

「你都有這麼豐富的經驗了，還擔心什麼？要不要跟我說一下，不然接下來，什麼事都做不了了。」

我一邊對馬克說話，一邊朝往廚房，準備拿取臉盆與毛巾。

「妳確定？」

馬克依舊沒有移動步伐，即便已過了好分鐘了。

「難道真的要等費雷羅太太回來才動工？這不是我們的工作嗎？到底發生什麼事了？」

「沒有發生什麼事，只是，身旁沒人在，我不習慣跟他獨處。」

「這些年來，不是一直都由你來協助擦澡與上藥？之前還有幫忙清潔指甲？」

「是的，不過，房間裡一直都有另個看護在，就算在樓下，他家人也會在旁。」

「你忘了，現在不是也有我在？」

「可是，妳是新人，那又不一樣。」

終於明白，每回糾結著我的茫然感是來自何方。

「那你就別這樣想，況且，現在沒其他人在旁是事實，如果你不想跟他說明，就由我來！」

「費雷羅先生，我是 Chryssa，還記得嗎？」

我邊說著，邊將輪椅慢慢推往升降椅方向。

「我記得，Chryssa，蘇菲雅總說，妳是個很努力的小女生。」

一旁的馬克，這次扮演沉默的角色，站在樓梯口的升降椅旁等著。

「還有馬克，你也記得吧？」

只是，費雷羅先生沒有說話，選擇了點點頭回應。

「費雷羅先生，費雷羅太太與艾達都不在家，家裡只剩我們三人，想問你是要等她們回來，還是照舊，由馬克跟我帶你

上樓，進行擦澡與上藥？」

「她們都不在啊！」

費雷羅先生看了看面前的我，又轉頭看了看旁邊站著的馬克，開口問了一聲。

「艾達剛剛出去了，不過，她有交代說，等下費雷羅太太就會回來。」

「喔！這樣啊！」

「放心好了，沒有什麼事的，就只是坐升降椅上樓，還有擦澡與上藥而已。」

聽我慢慢說完話，費雷羅先生伸出雙手，握了我的右手，維持了幾秒鐘，再重新移回雙膝上擺好。之後，才表達了他的想法：「那好吧，就照妳說的。」

不知是不是只剩我們三人，也不知是不是其他因素，馬克慣有的迅速舉動，比平時減慢了許多，也讓我有點免除了每次一開始工作，都像上場打仗般的戰戰兢兢。

抵達臥房後，馬克跟我依照慣例，協助了費雷羅先生更衣與換藥，褥瘡的傷口沒有太大的變化，但也沒有好轉的情況，只能多靠定時翻身來減少惡化。

「差不多了，剩下的就交給妳，我先下去了。」

馬克跟我一同將費雷羅先生扶上床後，簡單交代一下，便下了樓。

「我知道了。」

　　我才開始整理，便聽到了樓下傳來的開門聲響，想必是費雷羅太太回來了。

　　「Chryssa，真不好意思，艾達傍晚才跟我說，她臨時要外出會見個重要的朋友，而我又在朋友家，路程有點遠，沒辦法立刻趕回來，一切都順利嗎？馬克什麼都沒說。」

　　原以為先下樓的馬克，會清楚解釋今晚的情況，沒想到等我下樓時，費雷羅太太竟費勁地表達了歉意，而一旁的馬克卻不發一語。

　　「艾達一開門，不由分說地指責我們遲到，其實根本沒有，只是她想趕著出門，這樣做不太對吧！」

　　等費雷羅太太說完，馬克轉了頭過來，看了看身旁的我，才打破了沉默。

　　「真的很抱歉，突發的狀況造成了困擾，很對不起。」

　　「沒有什麼，費雷羅太太，妳別放在心上。」

　　聽了馬克的怨言，不確定他是否還有其他情緒，我隨即回應了費雷羅太太，希望能儘速終止這段惱人的對話。

　　「費雷羅太太，還有點時間，費雷羅先生才剛上床，應該還沒睡著。要不跟我上去打聲招呼，說妳回來了？」

　　「好啊，如果妳不嫌麻煩。」

　　「我沒問題。馬克，可以等我一下吧？」

　　我望了一旁沉默的馬克一眼。

　　「嗯，別太久。」

　　「我知道，謝謝。」

「胡立歐，不好意思，我回來晚了。」

「喔，回來就好啦！我一直在等妳呢！」

費雷羅太太說完話後，還不忘在對方額頭上獻上深情的一吻。

「今天多虧了 Chryssa 與馬克，我跟艾達剛好都不在。」

「是啊，妳們都不在家，我也好擔心，還以為無法上樓了呢！還好有 Chryssa 在。」

「沒這回事啦，不光是我，馬克也在啊，他跟你們相處的時間比我還多呢！」

「別說了！剛好今天這件事，我就老實跟妳說，我們啊，其實一直對他不太放心。」

費雷羅太太的臉色沉了一下，接著起了身，將臥室的門輕輕扣上。

「可是，他來這裡很久了，不是嗎？」

我還是有點納悶，不確定費雷羅太太的意思。

「其實，之前都是由喬治為主，他都是從旁協助，喬治是在妳之前的看護。」

「是工作的問題嗎？如果他都沒盡到工作責任？」

「喔，妳別誤會，我不是這個意思。」

費雷羅太太吸了口氣，並壓低了聲音。

「喬治離開前幾個星期，慢慢將主要工作轉由馬克來做。他工作上沒問題，我指說的是他的個性。他很冷漠，又很急躁，一直讓我們很有壓迫感。」

「妳知道的，我沒問題，可是胡立歐向來動作慢，根本就趕不上他的快節奏，更別說他年紀大了，生了病，不時還要承受著褥瘡的疼痛。」

費雷羅太太伸出了手，握了握費雷羅先生，放在棉被上的手。

「原來是這樣啊！我不曉得呢！」

「還好，這一陣子，由妳跟他搭配之後，讓我們感覺好一些，壓力也沒那麼大了，雖然他還是很冷漠，也還是很急躁。」

「那是他的個性吧！」

「是啊，其實有人能來協助就很好了，總不能還強求對方改變個性吧！」

「費雷羅太太，妳真會替人著想！」

「哪裡，妳不也是？胡立歐說，妳每次來，都會記得說幾句話鼓勵他，他很感動！」

「Chryssa，謝謝妳！」一旁的費雷羅先生，適時發出了微微聲響。

「別這樣說，這是我的工作。」

我對床上的費雷羅先生笑了笑。

「費雷羅太太，也謝謝告訴了我馬克的事。」

「沒什麼，時間差不多了，妳趕快回家吧！太晚也不安全。」

「沒事了，晚安！」

「晚安！」

費雷羅太太站起來，輕輕打開了房門，陪我走出了臥室。

「對了，待會離開時，走廊的燈要我順便關上嗎？」

我望著樓梯口的費雷羅太太，開口問了一聲。

「開著就好，有點光亮總是好的，而且，艾達等下回來，屋內也不會黑漆一片，怪可怕的。」

「我知道了，改天見！」

費雷羅太太揮了揮手，表達了她的回應。

「小燈別關，妳哥哥還沒回來。」

從小到大，不管多晚，在大門口，還有玄關處留盞小燈，是爸媽約定的生活規則之一。即使後來，我們都已上大學了，這規則依舊繼續延續著。

「好的，不過，爸爸不會覺得，開整晚燈浪費電嗎？」

有次，跟媽媽在庭院裡聊天，提到了這件事情。

「別人家可能會，但若是妳爸爸，那是絕不可能的。」

媽媽的答案，倒是相當的篤定。

「媽媽為什麼這麼肯定？」

「妳爸爸總說，屋內有光亮，一切就會平安順利。」

「是嗎？」

「我一開始聽他這樣說，也不是真的很相信，但他說明了想法，而且，還現場配合關燈的示範動作，我就瞭解了。」

「妳爸爸當時問我，如果我晚上回家時，看到了黑暗裡的

屋子，感覺是什麼？」

　　「我的回答是，黑漆漆的，有點怕。」

　　「他又問了我，如果我晚上回家時，看到了有光亮的屋子，感覺又是什麼？」

　　「我說，應該代表有人先回家了，很放心。」

　　「所以，這是爸爸點著燈的原因？」

　　「是啊，他說，燈點著並不是為了點燈的人，而是為了看見燈的人。況且，他認為小小一盞燈，根本花不了多少電費，我們又不是沒在工作賺錢。」

　　「好窩心的想法，我從來沒這樣想過！」

　　「我也是，倒讓妳爸爸上了一課呢！」

　　「這樣說來，也讓我想起了另一件事情。」

　　「什麼事情？」

　　「電鍋的事。媽媽，妳還有印象嗎？」

　　「呵呵，那件事啊！我當然記得！妳還一直問了好一會，差點讓我都失去耐心了！」

　　媽媽突然笑了起來，害我有點不好意思，想起了發生在小學時的記憶。

　　「為什麼電鍋還熱熱的？不是剛剛才吃完晚飯嗎？」

　　我剛好到廚房丟垃圾，洗完手時，剛好碰到一旁的電鍋，順口問了在整理冰箱的媽媽。

　　「那是妳爸爸交代的事。」

　　「交代什麼？」

「將電鍋保溫，裡面還有留了些飯。」

「好奇怪喔！為什麼要留些飯在裡面？媽媽不是每次吃完飯，都會把用完的鍋碗瓢盆都洗乾淨嗎？」

「沒錯啊，那是為了如果有人晚回來，或者肚子餓的時候，馬上就有熱飯可以吃啦。」

「大家不都吃完飯了？還有誰會肚子餓啊？」

「就是我們一家人啊！誰都有可能因為不同的事晚歸，而且誰說吃飽了，就不會肚子餓啦！」

「我要是肚子餓了，都會吃妳買的各種零食，才不想吃白飯。」

「那是妳的習慣，不過，妳爸爸有他自己的想法。」

「是喔，每天都要這樣嗎？」

「差不多啦！」

「可是，又不是每天都有人會晚回來，也不是每天都有人晚上會肚子餓。」

「妳這孩子，問題還真多呢！」

我不管媽媽的回應，還是持續說了下去。

「爸爸這樣做是為了以防萬一，怕有人沒飯吃？是這個意思嗎？」

「這樣說也可以，應該說是未雨綢繆，可能是他小時候吃了不少苦，才養成的習慣。不過，意思差不多啦！」

「這樣啊！我覺得爸爸好細心，考慮好多喔！」

「那可不，能體諒別人的需要，是妳爸爸的特質，這可不

是每個人都有的。」

「媽媽，那我有沒有這樣的特質？只是我好像沒吃什麼苦呢！」

「妳啊，有一點點啦！別再問了，趕快去做功課。」

媽媽笑了笑，摸了摸我的頭，止住了我的一連串問題。

「需要對費雷羅太太擺臉色看嗎？又不是她說我們遲到。費雷羅太太早就出門了，是艾達臨時決定出門的，不是嗎？」

我一向很少如此，尤其面對個不熟的工作夥伴，兩人才穿過通往大門的綠地上，我便開口表達了想法。

「老實說，要不是妳剛剛打斷了我的話，我還有話要跟她說！」

「說什麼？」

「我才不管誰在家，或是誰不在家。反正我覺得為他們工作許多年了，卻沒有像妳那樣，才來沒多久，竟輕輕鬆鬆地贏得他們的笑容。」

身旁的馬克，竟說出了讓我驚訝，卻也酸味十足的話語，尤其讓我想起，剛才費雷羅太太在房間吐露的想法。

「難怪，中心的人說妳真的對老人『很有一套』。何不也把這個方法教教我吧？」

「別這樣說，我並沒有如你說的『很有一套』，也不明白你認為的『很有一套』是什麼。我的理由是，我不以為笑容是可以透過輸贏得來的。」

我說完了話，開了大門，往地鐵站的方向走去。

　　「在外面工作，不比在家裡，言行舉止都要謹慎，知道嗎？」

　　大學畢業之後，離家工作了一陣子，常為了工作而東奔西跑，難得抽空回家時，爸爸總會不時打打氣，或給予鼓勵，甚至會在擔心我的媽媽面前，替我說說好話。

　　「嗯，我知道。」

　　「我啊，本來希望妳直接出國繼續念書的，沒想到，妳放棄了收到的錄取許可，選擇工作。」

　　「開始工作也是經驗的累積呢，我還很年輕，不怕沒有機會出國的。」

　　「是啊，沒想到，妳現在說話的口氣不太一樣了，很有自信喔！」

　　「爸爸，你知道嗎？我現在每天都有做不完的工作，雖然累，但工作完成後的成就感也很大，可以證明自己不是只會念書，也有做事的能力，我很開心！」

　　「那就好，自己開心就好！只是，一個人在外，要記得照顧好自己！」

　　「我會的。」

　　「我們這個女兒啊，最不會照顧自己了，只要想做的事一來，或朋友一叫，什麼都不顧了！」

　　旁邊傳來了媽媽的腳步聲。

　　「好像真是如此，她從小就是個夜貓子，跟全家人都不太一樣。」

　　爸爸看了看媽媽，也跟著附和了一下。

　　「別聽她現在說歸說，這麼多年養成下來的習慣，肯定很難改的。」

　　「媽媽，別這樣說，妳又不是不知道，小時候的我，只有在安靜的夜晚，我才能好好專心念書！只是，現在的採編工作是責任制，得視情況來調整。」

　　從小到大，這個話題總在我與媽媽之間反覆爭論著。

　　「妳媽媽是為妳好的，加上妳的身體一直也不是非常好，才會說這些話，要提醒妳一番！」

　　爸爸適時的打圓場，也往往是我與媽媽之間的最佳潤滑劑。

　　「我曉得，怎會不知道，媽媽最放不下我啦！」

　　說話的同時，我還伸出了手，拉了拉一旁的媽媽。

　　「妳可能覺得妳媽媽要求多了一點，但是，別忘了，我可沒辦法像妳媽媽那樣，對妳的大小事都這麼掛心。反正，只要妳過得好，我們都會支持妳，是吧？」

　　爸爸望了望身旁的媽媽，繼續解釋著。

　　「我明白爸爸說的。」

　　「妳都已經畢業了，也是該長大了，什麼都要靠自己加油，知不知道？」

　　「遵命，媽媽。」

　　經過這麼多年以來，當年，爸爸媽媽互看彼此的笑臉，依舊在我的腦海裡，維持完好清晰的模樣。

　　「Chryssa，等等，我還有些話要說。」

　　在我後面的馬克，沒有像之前，直接朝往反方向離開，今天卻跟著我，在我準備轉彎時，叫住了我。

　　「怎麼了？不是說完了嗎？還有什麼事？不會又要討論費雷羅太太了吧？」

　　「沒有啦！是關於今天晚上的事，想說聲謝謝！」

　　「不用客氣，那也是我的工作，順利完成比較重要。」

　　「我還想說，別介意我剛剛說的話。」

　　我想起了他說的『很有一套』。

　　「馬克，老實跟你說，我剛才真的很介意，好像我做了什麼見不得人的事，不過，氣已消了，不介意了！」

　　「我明白，我不該那樣說的。我知道妳肯定有種特質，可以讓老人家都喜歡妳，而我知道自己沒有，所以，我很羨慕妳。」

　　馬克的話，讓我不知該怎麼接話，只好默默聽了下去。

　　「不過我也知道，問題出在我身上，我想要解釋，妳不介意待一下嗎？」

　　馬克的神情，突然柔和了許多，而一貫呈現的茫然感也似乎消退了，有種不可思議的感覺。

　　「如果你現在想跟我說，那我不介意的，說吧！」

　　馬克吞了吞口水，才娓娓道來發生在他身上的一切。

　　「記不記得，我說，我不習慣與費雷羅先生獨處。」

　　「是啊，只是當時不好直接問你，其實我是很納悶的，因為費雷羅先生很和藹可親，是個很好相處的老人家！」

「我知道，不是他的原因。」

「妳知道，我第一次來這裡，跟之前的喬治一起工作時，一看到費雷羅先生，嚇了好大一跳。」

「怎麼了？」

「他的模樣跟身材都很像我繼父，即使兩人膚色不同，國籍也不同。」

「繼父？在利比亞？」

「是的。我小的時候，我爸就車禍過世了，繼父是我們的鄰居，單身，也是我爸媽的好朋友，跟我們家關係一直都很好。」

「爸爸走後，媽媽為了照顧姐姐跟我，加上繼父也很喜歡我媽，他們後來就結婚了。」

「原本以為，一家人日子會越來越好，沒想到，在我念高中的時候，繼父跟媽媽竟然也發生了致命的車禍，等姐姐跟我趕到現場，真是無法形容當時的慘況。」

馬克低著頭，聲音哽咽了起來。

「我的三個親人都因車禍而喪生，而我又目睹了當時的場景。」

「即使繼父對我很好，說起來，並不亞於我爸媽。可是，我卻無法承受真相，只要一想起車禍的畫面，心裡就很害怕，也常常作惡夢，更別說其他的心情，我一直不敢面對繼父與媽媽已經不在了。」

「我知道自己從小很懦弱又很好強，很害怕在大家面前失控，所以，最後，我做錯了一件事，就是選擇逃離，沒有現身

參加他們的葬禮。」

「那時候剛好朋友告訴我，有個機會可以來英國工作，我便留了張紙條給姐姐後，就離開了家鄉，再也沒回去過。」

馬克眼神裡，多年來刻意隱藏的自我，終於得以慢慢浮現出來。

「這跟費雷羅先生有什麼關係？即使他很像你繼父？」

我看著馬克泛紅的雙眼，等著他對自己的坦白。

「一看到費雷羅先生，就想起了我的繼父，還有之前種種情景。可是，我卻連最後送他與媽媽一程都做不到。」

「其實，我發現最可怕的是，我沒有自己認為的那樣善良，也沒那麼愛家人。」

「不怕妳笑，我終於明白，我很自私，也很怕受傷。所以，見到費雷羅先生時，我的本能就是躲得遠遠的。」

「怎麼躲得了？你的工作就是負責照顧他啊！」

「是啊，我又不能跟中心說我的私事，還好，之前都是喬治在負責，而我輔佐居多。誰想到，喬治後來結婚，搬到亞伯丁去，就換成以我為主了。」

「久而久之，就變成現在這樣了，我與費雷羅先生之間，形成一種很尷尬的互動，甚至，我根本不敢跟他獨處。」

馬克一連串的陳述，讓我終於明白了一切的原由。

「難怪，我從一開始，就覺得你在隱藏什麼，原來是有點黑暗的一面呢！」

「妳一定討厭我這樣的人吧！」

　　「也還好，我們個性不同，很難想像你做的事。不過，我倒覺得你很不容易，竟會選擇把真相告訴我。」

　　一直低著頭說話的馬克，突然抬起了頭。

　　「我想，是因為跟妳這陣子的相處。尤其今天，我看著妳輕易安撫了費雷羅先生，讓我很吃驚也很欣賞。」

　　「可是，從工作開始，一直是你在發號施令啊！」

　　「沒錯，那是因為妳是新手。而且，一個外國人在這裡生存，如果不學會強硬一點，別人根本不把我當一回事！」

　　「這樣不是更辛苦？總是武裝自己，更加遠離了真實的你。你不是才說，你很懦弱，又很自私，怕受傷。可是，我覺得，你一直在傷害真實的自己。」

　　馬克看了看我，愣住了，眼淚竟從眼眶流了出來。

　　「你沒事吧？我說了不該說的話嗎？」

　　「沒有！我姐姐在電話裡，也常常跟我說過類似的話，只是我一直不想面對。」

　　「時間差不多，我要回去了。不過，我想問你，要不要聽聽我的建議？」

　　我看了看手錶，考慮了一會，還是說出我的想法。

　　「要不要試試，作回真正的自己？即使需要花不少時間調整？」

　　「妳的意思是？」

　　「不用再武裝自己了，不管懦弱或害怕，那都是真實的你！」

　　我望著馬克睜大的雙眼，繼續說了下去。

　　「你知道嗎？我來英國念書，還有打工之後，最大的體會就是，不管怎麼做，總有人討厭我們，但也總有人喜歡我們，不需要特意去討好誰。」

　　「是嗎？」

　　「我沒騙你，這可是我千真萬確的感觸！」

　　「我知道，妳不會騙我的。」

　　「如果可以，不妨邀你姐姐來英國看看？或者，有機會回去家鄉時，帶著你的歉意，去看看爸爸媽媽，還有繼父吧！我想，他們一直在等你的。」

　　「嗯，我會好好想想的，謝謝妳。」

　　「不客氣，那我先走了，下回見！」

　　「路上小心，下回見！」

　　「好的，你也是！」

　　馬克首度，對我揮了揮手，還附帶了一個破涕而笑的面容。

　　「這幾天好嗎？」

　　下次碰了面，馬克見到我，先開了口。

　　「還可以，一樣忙著去圖書館，還有寫論文。你呢？」

　　「我想了好幾天，決定接受妳的建議，室友們都支持我呢！」

　　「是嗎？真好，很替你開心。」

　　「雖然，我對費雷羅先生還是有點害怕，但我會盡量調整

的。」

「那很好啊，加油！」

「大門開了，我們進去吧！」

我走在馬克旁邊，有股煥然一新的感覺。

「費雷羅太太，這幾天都好嗎？」

「都好，都好！」

費雷羅太太才一開門，馬克立即開了口，讓費雷羅太太的臉上，出現了小小的訝異神情。

「我要先跟妳說聲抱歉，關於上周的事，我的口氣很不好，想請妳原諒。」

「喔，沒什麼啦，都過去了，我知道你不是惡意的，我也有錯。」

「以後，我會更謹慎說話的。」

「好的，沒問題，別光站在門口，你們趕快進來吧！」

關上門的同時，費雷羅太太笑了笑，還對我眨了眨眼，而我也點點頭回應著。

「Chryssa，等下費雷羅先生坐好了之後，今天換由妳來試試操坐升降椅吧？我知道妳一直沒使用過。」

「你說真的，要讓我試試嗎？」

馬克突然作的決定，也讓我感到十分訝異。

「沒錯，我會教妳怎麼弄，再去樓上等妳，不過，費雷羅先生體重較重，攙扶的事就由我來！」

　　從升降椅開始，到後面的所有過程，即使未曾預料，倒也沒有什麼突發狀況；反而，今天第一次操作升降椅，還有第一次不需要負責房間的清理，馬克跟我兩個人透過了工作的交換，也有了不同過往的嶄新體會。

　　「Chryssa，今天互換了平時的工作，覺得如何？」
　　臨走之前，站在大門口的馬克，轉頭問了一旁的我。
　　「還不錯，有點新鮮，雖然我不太熟悉。不過，很開心我會用升降椅了！你呢？」
　　「我也不錯，清理完房間，準備下樓時，費雷羅先生有跟我說了些話，也提到了妳總是會鼓勵他的事！」
　　「是嗎？」
　　「是啊，我也很開心，妳那天聽我分享，還跟我說一些想法，即使我才剛剛起步，但感覺真的好多了！」
　　「那就好，繼續加油！」
　　「我會的，改天見！」
　　「改天見！」

　　過了三個星期，馬克對我已不再咄咄逼人，跟費雷羅先生一家的互動，也漸漸多了起來。只是，從他的口中，卻傳來了意料之外的消息。

　　「Chryssa，這五個月來，謝謝妳的協助，瑪莎前兩天打電話給我，說已經找到合適的人選，下周由亨利跟我一起搭配，今天是妳在這裡的最後一天。」

馬克一見到我的開場白，倒是讓我相當震撼。

「是喔？怎麼沒人跟我說？」

「別生氣，是我跟瑪莎說，由我來跟妳說比較好。」

「這樣啊，那我以後都不用來啦？」

「還會有老人家需要妳的。放心，別忘了，這只是妳的副業，妳的課業才是重點！」

「我知道啦，沒事的。」

「那好，費雷羅先生那裡，等下就由我來告訴他們吧！」

「沒問題，交給你啦！」

「爸爸說，他昨天看了醫生，今天不用擦澡換藥了，也還不需要上床休息，你們就當作陪他聊聊天！我來泡些茶吧！」

另一個出乎意外的安排，從艾達的嘴裡傳出，似乎也暗示著，這家人與我的因緣即將順利畫下圓滿的句點。

「不介意我坐在這裡？讓我來吧！」

馬克自告奮勇，坐在單人沙發右側的椅凳上，先接下費雷羅太太手中的優格，一口一口餵到費雷羅先生的嘴裡，而費雷羅先生也騰出了右手，握著馬克伸出的左手，一切似乎都因馬克的改變，漸漸走回正常的軌跡上。

「乖女兒，恭喜妳順利畢業了呢！別忘了，爸媽永遠是妳的後盾，不管未來妳要做什麼，我們都會支持妳！」

「謝謝爸爸媽媽，我知道了。」

大學畢業時，爸爸媽媽專程陪我一同到了學校慶祝，不僅

送了我一束鮮豔美麗的花朵，最重要的是當時對我說的話，一直都在我心裡。

　　在我第一階段的人生裡，爸爸總是樂於扮演鼓勵我的朋友，勝過扮演教誨我的父親；而我，在他生命駐足的最後一刻裡，同樣沒有缺席，看著他安詳地畢了業，完成辛苦卻豐富精彩的人生之旅。

　　「很好吃！我喜歡櫻桃口味的。」

　　費雷羅先生的模樣，就像有糖吃就開心的小孩一樣，十分讓人憐愛。

　　「你們還年輕，趁有機會就要去各地走走，體會不同的風情，也能感受不同的文化！」

　　「是啊，我來倫敦很多年了，開始工作之前，我也都會抽空，去不同的國家旅行看看。」

　　我相當認同費雷羅太太的說法。

　　「我啊，不是很喜歡旅行，不過，或許未來有機會，我會想要去台灣看看呢！」

　　馬克突然接了話，並轉頭過來，對我笑了一下。

　　「對啊，Chryssa 不就是台灣來的嗎？」

　　費雷羅太太接了話。

　　「沒錯，很歡迎你們，有機會來我的國家看看喔！很久以前，台灣有個名稱，叫『福爾摩沙』（Formosa），即『美麗的寶島』。」

「Chryssa，我們會想念妳的。要好好保重，早日完成妳的學業！」

馬克應該已經告知了他們關於工作的事。

「我會的，至少馬克還會在，對吧！」

說完話，我對馬克笑了笑，並伸出了雙手，同時握住費雷羅先生，還有費雷羅太太，溫熱且舒服的兩隻手。

看著費雷羅一家人的臉龐，還有一旁原來帶點溫柔性格的馬克，窗外依舊刮著冷冽的強風，倫敦的春天尚未到來，至少，冬日已逝是確定無誤的。

在這間平常無奇的屋子裡，或許，一直有著來自西班牙的熱情與溫暖，還有若似利比亞，即使處在遍地沙漠的非洲之地，只因綠洲的存在，就得以充滿著，看似柔弱卻無比堅強的希望。

故事三　獨行

孤獨的表象下，也許涵蓋了更多不為人知的自覺，
還有一顆始終自由飛躍的靈魂。

「嗨，Chryssa，我是看護中心的金，最近好嗎？」

「嗨，金。我很好，謝謝關心。妳呢？」

突然接到了中心同仁金的來電，一時之前，不確定要說什麼，只簡單問候一聲。

「不客氣，我也很好喔！今天打電話來是要告訴妳，最近安排了新的工作給妳。從下周日下午四點半開始，去卡卡爾太太的家裡。」

「到了卡卡爾太太家門前，妳會先看到一扇小鐵門，推門進去後先按一下門鈴，記得要等一下，卡卡爾太太動作比較慢，確定大門開了後，妳再進屋。」

非常仔細的金，一步一步陳述了去卡卡爾太太家的情形。

「所以，是我自己一個人去工作嗎？」

「那當然啦，她就只需要『妳』一個人去工作啊！」

「妳誤會了，我不是這個意思！我是說，要不要有資深的看護陪我一起去比較好？像之前帶我去柏頓太太家的喬伊？」

「喔，是這樣的，我來解釋給妳聽。」

「還記得馬克吧？」

「記得啊，就是臨時跟他搭配，去費雷羅先生家一起工作的看護嘛！」

「前陣子馬克來中心看排班表，特別花些時間提到之前與妳合作的事。」

不知道馬克說了我什麼，電話另一端的我有點小小的緊張。

「馬克說妳雖是新手，配合度很高，也幫了不少忙。而且，從開始工作以來，妳的評比都是優等，所以，瑪莎認定妳可以自行前往。除非是某些特殊的雇主，中心才會有其他的安排。」

「原來是這樣，不過，金，妳真的確定嗎？」

情況雖是如金所說，只有一些實務經驗的我，還是有些擔心。

「沒錯，Chryssa！我知道妳一定認為自己經驗不足，但中心可不是只考慮看護，也會參考雇主的反應。」

「卡卡爾太太身體狀況都不錯，只是，生活上有些事情沒辦法做，由我們派人去協助，再依照她的需要調整！總之，妳沒問題的啦！」

「我知道了！」

「過一會兒，我會將地址，還有相關的資訊傳簡訊給妳。如果還有任何問題，記得打電話來詢問。Chryssa，放心！偷偷跟妳說，我可是很看好妳的潛力喔！」

身為瑪莎的助理，金的主要職責便是統整所有看護的工作分配，並定期聯繫看護與雇主，好對後續情況加以追蹤等等。

而我總能從她的幾次談話中，明顯感受到她大剌剌、有話直說，相當鮮明的韓國女子豪邁性格。

「那好，金，謝謝妳！」

「沒事，Chryssa，我先掛了！下次再聊！」

周日的倫敦早晨，窗外天際飄了些厚重的雲層，藍天緩緩

地出現，是個挺適合散散小步的好時光。

復活節前後的天氣，向來不太穩定，即使已進入春天，但穿過了雲層，偶而會露出些許蹤跡的太陽。只不過伴隨著不太足夠的陽光，似乎難以讓人立即感受溫暖，更別說瞬間得提振起來。

「Chryssa，這麼早就起來啦！今天可是周日，難得休息睡覺的好時光呢！」

「是啊！可是現在的我，周日就是外出工作的時間。早點起來準備一下也好！」

「妳啊，每天不是去圖書館，就是窩在家裡寫論文，周末日都還要去工作。我覺得妳給自己太多壓力了，別忘了這裡是倫敦！」

莉卡走到我的身旁，拍了拍我的肩膀，繼續說著。

「今天天氣不錯，既然妳等會要去工作，不如提早出門，逛逛街，讓心情放鬆一下，再去工作，肯定會提高效率的！」

莉卡伸了伸懶腰，走過去廚房，倒了杯水，接著喝了一口。

「嗯，沒錯，想想一開始到倫敦時，上課念書之餘，我還會偶而放鬆一下，四處走走；只是，從打工開始，重心都放在論文與工作上，好像都快忘了我在倫敦生活了！」

我也順道喝了口剛泡好的早餐茶，回應著莉卡的話。

「妳這個點子不錯，我考慮看看！對了，如果我要提早出門，妳想一起去走走嗎？」

「今天不行，我等下會跟幾個班上同學，約好去格林威治公園走走，順便逛逛附近的市集。等妳晚上回來，我們再來聊。」

「好喔，只是每次我工作都比較晚，車程又不近，回來時都過了妳的睡眠時間！所以，還是跟之前一樣，別特意等我，依妳的平日作息就好，有碰到再聊。」

「放心，Chryssa，我會自己衡量的。還要提醒妳，倫敦夜晚總不那麼平靜的，可別忘了喔！尤其不得不晚歸的妳，要隨時提高警覺，處處小心！」

「我會的，放心！」

「工作順利！」

「妳也跟同學開心聚會！」

莉卡總愛不時給我來個未預期的熱情擁抱，她常說，那是源自希臘父母的優良習慣，從小開始就緊緊跟著她，讓她聯繫有緣人的無價之寶。

而被莉卡緊緊擁抱的我，眼眶瞬間也增添了好幾圈的溼潤感。

我決定採納莉卡的建議，在出發之前，先吃幾個淋了發泡鮮奶油的司康，還有幾顆葡萄，肚子裡稍微填了些食物，提早一個半小時左右出了門。

公車抵達市中心後，我步行了一小段路，到了久違的國家藝廊，進去裡面逛了逛；接著穿過中國城，到了牛津街上的Costa連鎖咖啡館裡，點了大杯拿鐵，搭配幾片小餅乾。依照

過往的習慣，我挑了靠窗的位置坐下。

　　看著窗外來往穿梭，拿著大包小包的人潮，而我依舊如昔，一個人待在車水馬龍、人聲鼎沸的倫敦。思緒頓時輕鬆了下來，不自覺釋放持續了好幾個月，忙碌修改論文導致的偌大壓力。

　　休息的時間差不多了，我走出咖啡館，往地鐵的方向前進，搭了地鐵到埃奇韋爾路站，再轉乘公車，出了只有四站的街口，步行一會，準時抵達卡卡爾太太的住處。

　　我站在一扇墨綠色的大門前，眼前是一排白色外牆的巷道，放眼望去，各家各戶不同色彩的大門夾雜其中，在在呈現一覽無遺的個人風格。

　　「妳好，我是 Chryssa，以後每周日下午都會來這裡工作。」

　　「我知道，先進來！」

　　隔著對講機傳來的清晰口音，是卡卡爾太太給我的第一印象。

　　「記得進來後，門要關好。」

　　關上了門，迎面的是手裡拿著拐杖的卡卡爾太太，雖然身材嬌小，但讓我感到意外的，不光是她臉上那雙清亮的眼神。原來，還有金忘了告知，與我們同屬亞洲，跟台灣隔了不算太遠，來自孟加拉的身分。

　　「我聽說妳來自台灣啊？」

慢慢移往客廳方向的卡卡爾太太，也同時開了口。

「是的。卡卡爾太太，妳知道台灣啊？」

「當然，在中國旁邊的島嶼，沒說錯吧！」

與我遇到的其他人相比，卡卡爾太太的回應還真不是預料之中。

「很多年以前，想我年輕的時候，曾安排了計畫要去中國走走，後來卻沒成行，反倒來了英國，而且就這樣子待了下來。不過，在倫敦這裡，我倒遇見了不少的中國人。」

即使拄著拐杖，但卡卡爾太太的膚色健康，額頭上只有幾條明顯的皺紋，加上兩頰些許的雀斑。老實說，很難從外表上猜出她的實際年紀。

「是啊！我在倫敦也遇到了不少的印度人，可惜的是，我也從來沒去過印度。」

「我可不是印度人，是孟加拉人。」

「喔，抱歉，我說錯了。」

第一次換成我當場被糾正，有點小小的尷尬。

「我的國家孟加拉，有聽過嗎？在印度旁邊。」

持續朝向廚房走去的卡卡爾太太，見一旁的我沒什麼回應，又再問了一次。

「有，有聽過。」

「我啊，好幾十年沒有回去孟加拉了，還真的希望有一天能回去看看，只是，妳看我這副身體，真不知何時可以成行？」

突然有點哽咽難受的聲音，從卡卡爾太太嘴裡傳出，有點

震撼。一旁的我愣了起來！

「好了，金應該有跟妳說過，關於來這裡工作的情況？」

卡卡爾太太突然停頓一下，隨即恢復了一開始的平靜模樣，還有依舊清澈的聲音，宛如一場獨白戲瞬間上演與終結，的確讓我大開眼界。

「有的，就照妳所說的。」

「嗯，那好，沒事了，妳可以準備開始工作了。」

卡卡爾太太回答後，在廚房小桌旁停下來，矮了我半個頭的身體慢慢轉過半身，將臉朝向我。

「今天是第一天，不急，我會一件一件慢慢交代。妳先去把蒜頭剝好，等弄好之後，我再來告訴妳關於清潔打掃，還有衛浴的事。」

卡卡爾太太指了指廚房流理台，上面有個用小袋子裝的一堆蒜頭。

「那裡有幾顆已剝好的，妳記得好好看一下，並照同樣的方式來剝除蒜皮，保留完整的模樣。」

我走近了流理台一看，小袋子裡至少裝滿了十來顆的大蒜球，每個蒜球裡都還包覆著好幾個小蒜頭。

接著，我回頭望了望，剛轉身往客廳方向走去的卡卡爾太太，再抬起頭看著水槽斜上方，掛在牆上，黑白色調搭配的圓形時鐘，不知自己得花多久才能順利弄完第一項工作，不免慌了起來。

「卡卡爾太太，我可以用小刀子幫忙剝蒜頭嗎？」

同時，我也看到了在瀝水架上架著的砧板，還有一旁掛著晾乾的水果刀，立即開口問了一聲。

「不能用刀子。剛剛不是說了，要妳先看看旁邊剝好的蒜頭嗎？」

「好的，我會注意的。」

仍持續慢慢踱步，往客廳走去，頭也沒回的卡卡爾太太傳來了回應，我只好再度翻閱檢視，看著每個已經除去外皮的小蒜頭，完美無缺地平躺在小袋子旁的竹籃裡，不用多說，我已知道該怎麼做了。

不知是不是從來沒有如此認真剝著蒜皮，還是因為想起到了倫敦後才開始做菜的習慣，只是，記憶裡僅有幾次，搭配水果刀迅速剝切蒜頭的少少經驗，如今面對眼前數來十幾顆的蒜球，卻成了相當耗時間的困難大事。

「媽媽，妳怎麼啦？怎麼哭了？」

記得小時候，走進廚房，去冰箱拿汽水喝時，看到一旁媽媽切菜的狼狽模樣，不禁整個人呆住。

「沒事，我沒事，只是在切菜。」

我看著砧板上剝好的蒜頭與切碎的洋蔥，不太明白媽媽的話。

「切菜為什麼會哭成這樣？是妳不喜歡做菜嗎？難過就不要做啦！」

「傻孩子，說什麼傻話，我沒有難過啦。而且，如果媽媽不做菜的話，妳呀，就要餓肚子了！」

「喔，那我還是不懂，切菜為何會變成這樣淚流滿面的。」

「妳看到洋蔥與蒜頭了嗎？這些才是讓媽媽哭的原因。這幾種食物在處理時，容易刺激到眼睛，就會流出不少的淚水。」

「這樣喔，那我們就不要吃這些食物，不就好啦？」

「妳喔，淨說些傻話，這些食物都是對身體好的，哪能因為怕流淚就不吃呢？好啦，妳去外面玩，讓媽媽專心做飯。」

「好啦，我出去啦！」

走出廚房時，我便在心裡對自己說著：「以後，我就少碰這些食物，才不要跟媽媽一樣，邊做菜還得邊流淚！」

在倫敦生活，只要每次上市場買菜，我總會記得小時候的自我叮嚀，盡可能減少碰觸洋蔥與蒜頭。

只有偶而，為了避免太過冷冽的風寒入侵，會在湯裡加些洋蔥，或炒菜時加些蒜頭，來增加些抵抗力。當然，因此也不免出現了幾次，與當年媽媽類似的輕微反應。

現在，我站在卡卡爾太太的廚房裡，徒手剝蒜頭這項工作，卻讓我倉促不安；或許，是看著自己不夠俐落的雙手，笨拙的進行步驟；又或許，因為沒開窗而導致的悶熱，卻不知該不該擅自開啟窗縫，輾轉不定的情緒所致。

「好了，妳可以停止了，跟我去樓上，還有其他工作要跟妳說一下。」

　　過了十五分鐘左右，當我低下頭，看著竹籃子裡寥寥可數，完整去了皮的蒜頭，還有幾個讓手指不小心弄缺了一角的蒜頭時，一聽到卡卡爾太太傳來的聲音，心情震了一下，卻也同時鬆了一大口氣。

　　我立即清洗雙手，跟在卡卡爾太太後面，看著她倚著手裡的木製拐杖，緩緩爬上二樓，兩人一前一後抵達樓梯轉角口左側的浴室。

　　「妳看到那些了嗎？那些都是用來清潔的用具。接下來，是清潔浴室，包括洗手台與浴缸。」

　　卡卡爾太太站在浴室門口，左手撐住門旁的牆壁，右手平舉了枴杖，指向了剛剛告知的相關地點。

　　「還有，記得要配合刷子使用，以確保每個小地方都乾淨了。」

　　卡卡爾太太說完，將身體移了移，慢慢朝往同方向，與浴室隔了面牆的廁所門旁。

　　「至於廁所，最重要就是維持馬桶的潔淨，特別是髒污的馬桶邊緣，還有牆角，都要再三仔細留意。」

　　「好的。」

　　「馬桶旁邊放的清潔用品都可使用，如果有其他問題，妳再下來問我。」

　　沒有等到我的進一步回應，卡卡爾太太陳述完畢後，便直接移向樓梯口前進。

　　卡卡爾太太背對著我，在下樓梯的同時，簡單地留下了她的話語：「妳記得，先整理好浴室與廁所，都沒問題了，再下來做其他的事情。」

　　「我知道了。」

　　我從牛仔褲的口袋裡，拿出了隨身備用的手套，沒有搭配任何清潔劑，單單用了刷子，一下子就將卡卡爾太太交代的部分清理乾淨。

　　老實說，那些地方保持得還算可以，雖然一眼就看得出經年累月的風霜，卻也不到污穢不堪，更無須大費周章的清潔。

　　「Chryssa，記得我剛剛說的！馬桶要仔細檢查，看是否有清潔乾淨。」

　　「好的，卡卡爾太太，我知道了。」

　　過了幾分鐘後，當我蹲在馬桶旁，正拿著刷子在清潔邊緣時，聽到了樓下傳來宏亮的聲響，我走出廁所，在樓梯口回應了卡卡爾太太的話。她如此在意馬桶的模樣，也讓我浮現了往日的情景。

　　「妳去忙吧，我會在這裡看著她的！」

　　小學的時候，每次下午放學過後，或是假日吃晚餐前，我總愛跟鄰家的小孩一起玩耍，或是進行一些室外的球類遊戲。但向來粗心大意，不太拘小節的我，常常一不小心就會跌個跤或擦個傷。

　　「這樣啊，那好，謝謝媽媽了！」

「去吧！沒事的。」

而下了班剛回家，還得忙著準備做飯，沒得空閒休息的媽媽，常常因為掛心，總得擱著爐上烹煮的飯菜，不時出來留意一番，只為了避免我再次受傷的可能。

「小丫頭，奶奶在這裡幫妳媽媽看著，小心點！」

當然，在大門敞開的庭院裡，奶奶坐在搖椅上，不僅享受一旁嬉鬧的孩群聲，也總會對回過頭的我叮嚀一下。

或許是幾度瞥見卡卡爾太太的臉上，不經意展現的眉頭深鎖，若有所思，也或許是笑容可掬的背後，隱約有種不輕易顯現的孤寂，更讓我憶起小時候，喜歡跟我訴說陳年往事時的奶奶。

「奶奶，這是妳年輕時的照片嗎？旁邊站的是爸爸嗎？」

「是啊，這是妳爸爸小時候的樣子。」

「哇，爸爸小時候看起來好可愛喔！」

「每個人小時候都是天真無邪，就跟妳現在一樣。」

「是嗎？」

「是啊，小丫頭。人長大了，煩惱也就自然多了。」

「那奶奶，妳有很多煩惱嗎？」

「有啊，我最大的煩惱就是想家，而且，年紀越來越大，也就越來越想家。」

「想家？這裡不就是妳的家嗎？」

「是啊，但我想的是小時候的家，在中國的家。」

「這樣啊，那妳會想要回去看看嗎？」

「當然想啊！如果不是因為打仗，因為逃難，就不會離開家鄉了。只是，還不知哪一天才能夠回去老家看看。而且也不知道老家到底還在不在呢。」

奶奶一邊說著，眉頭也隨即地皺了起來。

「奶奶，妳不要難過啦，也許以後會有機會的。對了，媽媽前幾天買了些糖果與餅乾給我，我們一起吃吧！」

我打開客廳桌上的零食罐，抓了些奶奶跟我都愛吃的話梅糖，放了幾顆在奶奶的手裡。

「別擔心，奶奶沒有難過，只是很懷念以前的事。」

奶奶撥開兩顆糖果紙，將裡面的糖果分別放入她跟我的嘴裡。

「奶奶，好吃嗎？」

「好吃。」

「那這幾顆也都給妳，如果妳又想起家的話，就吃顆糖！我啊！每次遇到不開心的時候，只要吃幾顆糖就沒事了！」

我又抓了一把糖果，塞入奶奶的手裡。

「好喔，小丫頭，奶奶以後也來試試看，謝謝妳的糖果！」

奶奶將手裡的糖果收進了口袋，對我笑了笑，並摸了摸我的頭，雖然臉上依稀出現一抹淡淡的憂傷。而她內心深處，隱藏的漂泊與孤單，是我長大了之後，尤其到了倫敦，才漸漸能

夠感同身受。

　　站在馬桶旁的我，看著打掃完的廁所，尤其牆上褪了色的小磁磚，知道這間屋子的屋齡應該不小了。不管是廁所淡綠色的牆面，或是浴室淡黃色的牆面，甚至一旁置放的少許用品，簡樸清爽的內部陳設，再再讓我喚起了過往的情景。

　　「小妹，妳哥哥們都洗好澡了，就剩下妳了！」
　　「我在寫作業，等下就好。」
　　「時間不早了，先來洗頭洗澡。還有，記得等下去房間裡寫作業，才能專心，知道了嗎？」
　　小學的時候，放了學回家，我總愛窩在客廳，跟大家一起看著電視，並在一旁寫著作業，直到不時走過來的媽媽，會對我提出某些指正。

　　「媽媽，我今天不想洗頭，每次洗頭都好麻煩。」
　　跟在媽媽後面的我，一邊走進浴室，一邊嘴裡叨念著。
　　「不行，好幾天沒洗了，上了一天課，今天不是還有上體育課？全身髒兮兮的，頭髮也是，洗一洗比較乾淨。」
　　比我還勤勞的媽媽，三兩天就得陪著我一起進浴室，除了得幫我解開兩串快及腰的辮子，還得大費周章地協助我洗頭與吹整。
　　「媽媽，妳看牆上的小磁磚都好漂亮呢，有好幾種顏色，我最喜歡紅色的了，妳呢？妳喜歡哪種顏色？」

「紫色吧？我們先把頭髮吹乾，等下再來洗個澡。」

每次進了浴室，我總喜歡看著牆上各處閃閃發亮的碎磁磚，彷彿透過不同的色彩，就能想像無窮的歡樂與夢想的可能。

「媽媽，這裡沒有紫色啊？」

但下了班回家，接著做家事的媽媽，臉上只有一貫的忙碌神情，在家人與家務裡不停地穿梭。

「那就跟妳一樣，紅色吧！」

「哇，真好！」

坐在浴缸旁矮凳子上，滿臉熱氣的媽媽，一邊用吹風機費勁地吹著我的長髮，一邊說著：「星期日我要去燙髮，乾脆帶妳一起去剪頭髮，這頭留了多年的長髮也該剪了！夏天快到了！」

「真的？太好了！以後不用每天都得綁辮子啦！媽媽，要不我也跟妳一樣燙個頭髮？還有，妳要順便帶我去買些漂亮的髮夾喔！」

一旁的我，開心地接著媽媽的話。

「到時候再說！好了，頭髮也差不多乾了，可以來洗澡了！」

「Chryssa，浴室與廁所都清乾淨了？馬桶也確定檢查好了？」

「是的，卡卡爾太太，我都清好了。」

走下樓後，我向問話的卡卡爾太太點了點頭，雖不知接下

來的家務為何，卻已少了一開始的倉皇之感。

「那好，妳看到餐桌後方的白色櫥櫃小門嗎？裡面有掃把與吸塵器，接下來的工作是打掃客廳與樓梯。」

我打開了櫥櫃小門，看到個小型的掃把與畚箕，還有中型的吸塵器，雖有點重量，用起來倒是馬力十足。

卡卡爾太太的客廳空間，看起來不大，或許是鋪著地毯的緣故，尤其桌椅的死角處與樓梯轉角，堆積的細屑特別不易去除。

我先蹲了身，用小掃把清理了地毯的各個小角落，包括一樓到二樓之間的階梯後，才開始使用吸塵器。

「沒想到妳看起來瘦弱的身體，拿起吸塵器還架式十足！這幾年來，我的雙手越來越沒有什麼力氣，使用吸塵器對我來說，就變成不小的難題。」

聽到一旁端坐在沙發上的卡卡爾太太，突然脫口而出的話語時，讓我吃了一驚。

「哪裡，是因為我常常打掃，偶而也需要用一下吸塵器的關係。」

事實是，房東懶得清除準備淘汰的舊吸塵器，就趁出租房間時留給了剛遷入的莉卡。

「我想，妳應該也挺愛乾淨的吧？」

「卡卡爾太太，妳說對了！」

待在向來潮溼天氣的英國，房子都是老舊居多，住久了都

來自異國
的陪伴

有股移除不了的霉味，尤其是整片的地毯上，多少沾附了些微小的塵埃與細屑。莉卡跟我只要一有空閒，就會自動輪流打掃一番。

「Chryssa，我腳下這裡有不少紙屑，妳先過來清理一下。」

坐在沙發上的卡卡爾太太，對我招了招手，突然把雙腳伸起，雙手握緊沙發兩邊的扶手，使勁把雙腳平舉了起來，在雙腳的下方留下了些空間。

「好的，我馬上過去。」

看著她認真嚴肅盯著吸塵器來返移動的神情，我趕緊將吸塵器拖移到她的腳下，迅速將深藍色地毯上的諸多細屑清除。

彎著腰的我，在地毯上來回不停地移動著吸塵器，尤其，當我聽見灰塵與髒污陸續被吸入的聲響時，心頭倒是湧上了一股漸入佳境的舒暢感。

「其他地方也應該快差不多了，我剛剛看了一下，大概還有十五分鐘的時間，妳可以再去替我剝些蒜頭！」

等地毯差不多清理完成的時候，耳際邊也同時傳來了卡卡爾太太的聲音，彷彿，她的視線不曾離我遠去。

「好的，我把東西放好就過去。」

我關上了吸塵器的電源，拔下插頭，小心翼翼將吸塵器放回原處；轉過了頭，看見坐在沙發上的卡卡爾太太，一邊拿起桌上切好的蘋果，一口一口慢慢吃著，一邊看著我說話的模

樣。

即使剝蒜頭依舊沒太大把握，我卻不再明顯感受最初的心慌。

「還有，我想妳可以用刀子協助一下，如果真的很難剝乾淨。」

我才剛走到流理台邊，背後隨即傳來了卡卡爾太太的話語，而且，這一席話，終於讓我在最後的十五分鐘內，順利地完成了第一天的所有工作。

「卡卡爾太太，我是 Chryssa。」

「進來吧！」

「好的。」

從第一次工作之後，每個周日的下午，我都會準時抵達卡卡爾太太家的門前，按了按門鈴，等待幾秒鐘，卡卡爾太太就會透過屋內的對講機將門打開，無須加諸太多派不上用場的言語。

「從今天開始，改成先清理浴室與廁所。」

站在客廳與樓梯口中間的卡卡爾太太，見到我之後，眼神望了望樓上，便直接開了口。

「不要剝蒜頭嗎？」

「會看情況，今天先不用。」

「好的，我知道了。」

面對卡卡爾太太的指示，我也絲毫沒有半點遲疑，點了點

頭回應，把背包放在大門內側的鞋子旁，接著爬上了二樓，開始進行浴室與廁所的例行清理。

「Chryssa，妳記得最重要的部分吧？」

「我知道，馬桶要徹底清潔乾淨。」

「嗯，那好，妳可以上去了。」

或許一開始面對了嚴謹要求的柏頓太太，幾個月下來的定期訓練，等到了卡卡爾太太的家裡，真如金所說，沒什麼太過困難的部分，除了她會隨機出現，根據當下情況給予的不同評語。

「好的。」

我上了二樓，輪流打掃完浴室與廁所後，下樓取出小掃把與吸塵器，陸續清理客廳到廚房的地毯，還有階梯。

大致上，從樓上到樓下，只要逐漸熟練，所有的清潔工作都能得心應手，就像三不五時我總會清理自己的住處一樣。

唯一要面對的難題，反而是卡卡爾太太不按牌理出牌，甚至會瞬息萬變的反應。

不如柏頓太太渴望身邊的人給予關注的眼神，卡卡爾太太不太輕易與外人隨意談天。大多數的時間裡，她都會待在沙發上安靜地沉思，或者視線隨著我的所到之處游移來去，所以，每次當她選擇即興開口時，都讓我感到意外居多。

「Chryssa，妳是佛教徒嗎？基督徒？或天主教徒？很多中國人都有信教的習慣。」

跟柏頓太太一樣，卡卡爾太太跟宗教也有相當程度的連結。

「我相信菩薩，也相信上帝，不是哪個派別的佛教徒，也不是正式受過洗的基督徒，倒是在幾間教會學校讀過書。」

「這樣啊！我是伊斯蘭教徒，從小在孟加拉就是了，來倫敦這麼多年也不曾改變過我的宗教信仰。妳看，這些都是跟伊斯蘭教有關，我常閱讀的書籍。」

「很好啊！」

我看到桌旁架子上疊了好幾本小冊子，雖然我看不懂上面印的文字。

「只是，我常常會因為想到自己在這裡的種種生活，仍會有點困惑。」

卡卡爾太太突然看了我一眼，便沉默下來，一旁的我不知該如何回應她提出的話語。

「我沒事，說說而已，不用管我，妳可以繼續工作了。」

還好，不用多久，卡卡爾太太就會自行平復，一點也不用多擔心，雖然我還是得慢慢適應她的隨心所欲。

畢竟要能在一下子緊繃，又一下子放鬆的心情裡取得平衡，可不容易。

卡卡爾太太拿起了桌上的馬克杯，喝了口水，繼續交代了新的工作：「今天的時間還有半小時左右，妳等下清理完就上樓去。在浴室隔壁的小房間裡，有幾件放在燙衣板上的衣服，需要平整熨燙。」

「好的，我待會就上去。」

「我說妳，會用熨斗吧？」

卡卡爾太太說完話，沒等我回應，身體便離開沙發，彎下身坐在我剛剛清理好的地毯上，挺直了身軀，並伸直雙腳，口中則開始念念有詞。

即使需要攙扶拐杖的右腳有點不方便；即使我還開著吸塵器，在陣陣轟隆的聲響中持續尚未完畢的工作，她也絲毫不受影響。

「我沒問妳會不會用熨斗的原因，是因為我一直覺得，妳肯定會使用的。」

「卡卡爾太太，妳又說對了！」

當我將吸塵器放回原處，以為沉思中的卡卡爾太太已忘了我的存在，她卻透過話語，傳來對我的莫名信心，再度震撼了我，一如中學時爸爸對我說的話。

「趁妳媽媽在廚房裡忙，妳跟爸爸出去一下。」

「現在嗎？媽媽不是才發了脾氣？」

「沒事的，放心！現在沒人看到，我們早去早回！」

爸爸帶著我，兩個人各自騎了腳踏車，駛向離家只有幾條街的鐘錶行。

「妳來看看，挑一個妳喜歡的款式！」

「可是，我下午才在學校裡不小心弄丟手錶，不僅回家的時間晚了，還被媽媽罵了一頓！」

「那些都沒關係，妳想想，要是沒有了手錶，就無法知道時間了，上下學也會造成困擾的！我的重點是，錯不全在妳身上。」

爸爸的話雖有道理，我還是很在意自己犯的錯，誰知去上游泳課時，換完了衣服，竟把手錶跟衣服放在沒有上鎖的寄物櫃，才因此遭竊。

「可是，我沒有盡到將手錶保管好的責任。」

「妳不是說，學校的寄物櫃只是個空櫃，不是密閉的空間，沒有辦法上鎖，所以妳哪能預防一旁伺機而動的竊賊呢？」

「那如果買了新錶，媽媽會不會生氣？」

「妳也曉得妳媽媽，她不會真的生妳的氣。妳又不是故意弄丟手錶，等下她氣消就沒事了。」

「喔。」

「別因為區區小事就垂頭喪氣的！以前爸爸也遇過不少的麻煩事，還是要靠自己去面對處理。」

爸爸拍拍我的頭，看了看店家老闆擺出來的幾款錶，繼續跟我說著。

「寶貝女兒，妳要切記，不管發生什麼事，學會教訓才最重要。這次就當成學個經驗，提醒自己保持警覺。偷竊手錶的人到底是誰，會不會是妳認識的人，誰知道？」

「我曉得了。」

「好啦，就這款如何？妳先試試！反正丟的也是用過的舊

錶，剛好買隻專屬妳的新錶，當提前給妳的考試獎勵啦！」

我伸出手讓老闆量了量我的手腕大小，同時調整錶帶的長短。

「謝謝爸爸。」

「還有，我一直都覺得，妳會越來越能幹的，爸爸對妳很有信心！」

「是嗎？我的表現都沒哥哥們好。」

「沒這回事，妳只要記得爸爸說的話就好了。」

「我會的。」

「好啦，我們也該回去了，不然妳媽又要擔心了！」

如今的我，不但仍記得當時跟在爸爸的腳踏車後面，慢慢騎著車返家時，心裡的安心感；甚至，那隻陪我走過了不少青春歲月的手錶，仍舊在遠方，安穩地待在我的房間抽屜裡。

「卡卡爾太太，客廳打掃好了，我上去燙衣服了。」

「嗯。」

清理完地毯，告知了卡卡爾太太一聲，我便走上樓，進了浴室旁的小房間。

空間不大的房間裡，單人床上疊滿了衣服、毛毯與被子，像兩座隆起的小山丘，正如卡卡爾太太所說，床旁邊已擺好燙衣架，架子尾端放了三件沿襲印度的傳統服飾，應該就是她剛剛所說，準備要我來熨燙的衣服。

「好久好久沒有燙衣服，感覺有點生疏呢，今天就來小試

身手吧！」

　　闖蕩倫敦的不短日子裡，即使常常身旁無人可以提供援助，卻也讓我透過不少經驗的累積，知道該如何運用能力，面對不同挑戰，以及何時給自己打打氣。

　　「媽媽，需要我幫忙嗎？」

　　我望著椅子上堆了好幾件爸爸的襯衫，剛好想來試試前陣子才買的蒸氣熨斗。

　　「不用了，我來就好。妳不是晚上還要去打工？功課呢？都還順利嗎？」

　　「當然！妳忘了，我的功課一直以來都不用妳操心。而且，再過一個多學期就要完成大學學業了，也得做些事，打發打發空閒的時間呢！」

　　「那我就放心了。不然，妳來幫忙熨這些衣服，我廚房還有飯菜要準備，妳爸爸等下要回來了。」

　　「媽媽，這個熨斗很舊了呢！又不是很好用，換用我的吧！」

　　「妳的什麼？妳又去買什麼東西啦？」

　　「等我一下。」

　　我進房間將新熨斗拿了出來。

　　「這個蒸氣熨斗很輕巧，我只用了一次，操作起來也很容易，我示範給妳看看。」

　　「妳上次不是才存了筆錢，買了件洋裝給我，怎麼又亂花錢了！」

媽媽邊看我的操作，邊隨口說道。

「那是妳的生日禮物，這次又不同。而且，我們可以輪流使用，反正我也有幾件襯衫，不時需要燙整一番。」

「我想，『這幾件襯衫』應該也是最近買的吧！妳啊，打工賺來的錢也是辛苦錢，記得要多存起來。」

「媽媽真的很瞭解我呢，每次都說中我的心事！」

「那當然，我可是辛苦生養妳，一點一滴拉拔妳長大的媽媽呢！」

「我知道啦！妳不是要去廚房準備東西，這裡就交給我吧！我用新熨斗來燙爸爸的衣服！」

「好啦，讓妳好好表現一下吧！」

卡卡爾太太身材嬌小，衣服看起來不是很大件，但經過洗衣機清洗，留下的摺痕一點也不少。

即使只有五件，我還是得耐著性子，將熨斗沿著每個摺痕，由前到後一路直行到底。若是更深的摺痕，還要正反兩面反覆幾次熨過，才能逐漸撫平，真要大功告成，也的確不輕鬆。

「今天你女兒放學回來，有幫忙燙了你的衣服喔！」

晚上媽媽在整理爸爸的衣服時，順口跟爸爸提了一聲。

「是嗎？真沒想到，妳什麼時候會燙衣服啦？」

爸爸對著一旁的我問了一下。

「她啊,私下跑去買了些新衣服,順便又替這些衣服買了個新熨斗。」

一旁的我還來不及回答,媽媽就立刻說穿了一切。

「原來我們的女兒長大啦,也更愛漂亮啦!」

「我說她啊,賺的錢不存起來,總愛東買西買,這樣以後怎麼出國念書,出國很辛苦,總要學會省吃儉用才行。」

「妳媽媽說得沒錯,有天要是出國念書,爸媽不在身邊,妳就得全靠自己啦!不過,現在有爸媽在,沒什麼好擔心的。」

的確如爸爸當年所言,一切都不用我擔心,媽媽後來履行了爸爸的心願,供我出國繼續深造,只是,因病離世的爸爸卻無法親眼目睹。踏上異鄉之後,的確只能依靠自己,努力走過每個艱難的步履。

我看著面前燙整好的衣服,難以想像卡卡爾太太穿上的模樣。因為,每周只見面一次的卡卡爾太太,在我面前往往只穿著黑色的罩衫,下半身多是搭配黑或深藍的呢絨棉褲。

這些晾掛燙整的服飾,到底有沒有可以現身的機會,即使我的疑問無解,但卡卡爾太太對這些服飾的在意,倒是唯一明顯可見的部分,一如從小到大,爸媽對我抱持的深切期許。

從服飾的簡單色彩款式,到家居的基本陳設,抵達英國念書之前,我雖沒有機會接觸到伊斯蘭教徒,但卡卡爾太太並不是第一個我在英國認識的伊斯蘭教徒。

來自異國 的陪伴

　　即使卡卡爾太太身上沒有如傳統伊斯蘭教徒，會固定穿戴面紗或頭巾等等的打扮，我仍舊可以從她身上感受到虔誠之心，還有生活習性上，與西方文化不盡相同的樸實之感。

　　「卡卡爾太太，這五件衣服燙好了，我都用衣架掛了起來。時間也差不多，我該離開了。這是每日工作表，請幫我確認簽名一下。」

　　下樓時，卡卡爾太太已離開了地板，回到沙發上安靜地坐著，相信應該已經完成了她的祈禱，眼睛半閉著，卻有股安詳之氣流露出來。

　　「好的，Chryssa，謝謝妳。等下離開時，記得門關好。」

　　卡卡爾太太睜開了眼，說完話，交給我已簽好的工作表，沒有其他多餘的言語，只跟我揮了揮手，示意我自行離開，又再度闔上了眼，持續她的沉思。

　　「Chryssa，這裡有幾本關於伊斯蘭教徒的故事，妳有興趣想看看嗎？」

　　過了好幾個星期之後，卡卡爾太太在我清掃客廳完畢，正準備上樓去熨燙衣服時，開口說道。

　　「不好意思，卡卡爾太太，我最近比較忙，暫時沒時間看。」

　　雖然我認為實話實說地回絕，肯定會造成卡卡爾太太的不悅。但她的反應倒不如我所預期，而且，臉上的神情也沒有太多的變化，只給了一句簡單的回應：「那好，妳可以上去做事了。」

在第一時間，我選擇拒絕了卡卡爾太太，多半是因為從小到大，遇到不少的宗教信徒，對方總會伺機而動，或想盡辦法，執意向我傳遞宗教派系的想法；或遊說前往參加宗教團體活動，完全不顧及我可能不認同，甚至會想抗拒的感受。

沒想到，卡卡爾太太的反應，純屬例外的若無其事，倒像是意外的契機，強化了我們彼此交流的頻率。

「卡卡爾太太，請別介意剛剛的事，我能體會妳的心意，只是我對宗教有自己的看法。加上除了工作，平時還要念書，真的沒有多餘時間來好好研讀，也不想辜負了妳的好意。」

工作結束後，臨走之前，我還是對卡卡爾太太說明了一下，總覺得剛剛的回絕有點失禮。

「沒什麼，不用放在心上，大部分的人都是類似的反應，如果換成了我，也會跟妳做出一樣的事。」

卡卡爾太太露出了難得微微笑的和善模樣，還挺可愛的。

「所以，妳沒生氣吧？」

「生氣？為什麼要生氣？這用不著生氣啊！」

卡卡爾太太望了望我，有點訝異聽到我說的話，卻不影響她持續給予的分享。

「我記得許多年前，跟家人剛到英國不久，總會遇到不少本地的基督徒來傳教，即使我們一開始就清楚表明了不同的宗教立場，但一點都沒發揮作用。因為，根本嚇不走對方！」

「我知道那種感受，宗教信仰有種莫名的強大力量，可以

驅使信徒們去做很多意想不到的事。」

　　「不過，這也是宗教信仰的可貴之處。」

　　「的確，而且是無可取代的。」

　　「不過，當時的我還不夠成熟，面對那些常常來傳教的基督徒，我的父母都會選擇沉默的回應，可是我卻相當抗拒，有時候還會造成不必要的衝突。」

　　「是嗎？真想不到妳會這樣做！」

　　「我也沒想到。可是，我的反應帶來了不良的後果，與人們之間形成了很大的隔閡；而原因只有一個，從頭到尾我都明白，對方無法瞭解我的宗教認知。」

　　「所以，卡卡爾太太，後來呢，情況怎麼樣了？」

　　「為了不讓父母為難，也為了維持家裡的平靜，我修正了心態。畢竟，妳知道，宗教就是種選擇，因人而異的心念選擇。」

　　「既然一開始，我選擇跟家人來這裡生活，那麼，如果不能接納此地人們與我不同的信仰，甚至還企圖抗拒對方，不是只會更痛苦嗎？」

　　卡卡爾太太停頓了一下，吞了吞口水後，繼續說著。

　　「因此，我改變之後，反倒結交不少朋友，有基督徒、天主教徒，甚至還有佛教徒呢！只要不逼迫我變更信仰，也允許我分享自己的宗教觀，我都把他們當成朋友。」

　　「哇，原來結果是皆大歡喜呢！」

　　「沒錯。」

　　卡卡爾太太上揚了嘴角，想必很自豪當時做出的改變。

　　「難怪妳剛剛會說用不著生氣。」

　　「妳說，只因為宗教信仰不同就大發脾氣，不就背離了宗教的本質？我想不管哪個宗教，都是堅守良善的原則！」

　　或許也是經歷那樣的過往，才造就卡卡爾太太如今總能隨心所欲的習性。

　　「這點我很認同。卡卡爾太太，謝謝妳的分享。我該走了。」

　　「好的，改天有機會，再跟妳聊聊我的中國朋友。記得，門要關好。」

　　卡卡爾太太說話的同時，也順手將簽好的工作表遞給了我。

　　「沒問題！下周見！」

　　關於宗教信仰的看法，正如卡卡爾太太所述，是種選擇，而且因人而異。

　　對我來說，卡卡爾太太的一番見解，一點也不陌生。因為我的身旁，在不同時間點，也輪番出現了有些類似，卻又不盡相同的實例。

　　「奶奶，這是誰啊？怎麼在妳房裡面？旁邊又是誰啊？」

　　「小丫頭，這是保佑人們的菩薩，旁邊的是我的爸爸。」

　　那是小時候，奶奶第一次向我解說，關於菩薩的事情。

　　「為什麼要放這些照片？」

「因為我很想念我的爸爸,他跟我離開中國不久,就生病過世了。」

「那菩薩呢?」

「提醒我要時時像菩薩一樣心存善念,也可以讓我不孤單。」

「奶奶有我們啊,為何還會孤單?」

「我知道,小丫頭。奶奶說的不孤單,指的是心靈上的平安,不是身旁有沒有人陪啦!」

「喔,我不太懂奶奶說的。」

「那當然,妳還小。不過,以後奶奶會慢慢跟妳說些佛經故事,妳就會對菩薩更瞭解了。」

「就像照顧我們的天主嗎?學校裡有不少修女,老師有時候也會提到一些天主或耶穌的事。」

「嗯,差不多,只是不同的宗教有不同的說法,就像天主教徒稱天主,基督教徒稱上帝,只要高興就好。」

「既然菩薩這麼重要,奶奶為什麼不把照片放在客廳,讓大家都可以看得到?」

「不需要啊,妳爸爸媽媽都是幾十歲的大人了,有自己的想法,不一定會同意奶奶的方式!妳忘了,客廳裡不是早掛滿了許多妳爸爸喜歡的東西?」

「是啊,客廳有一大堆爸爸朋友送的字畫呢!」

「所以啦!妳要記得,人與人之間,尤其是一起生活的家人,要尊重彼此的不同選擇。」

「我記得了!」

「還有，凡事都要隨緣，不能強求。奶奶把菩薩照片放在這裡，是因為奶奶需要，而且覺得安心。」

「奶奶，我知道了。媽媽在叫我，下次記得講佛經故事給我聽喔！」

「一言為定，妳趕快過去吧！」

「其實，Chryssa，我第一次見到妳，就想起多年前遇到的一個朋友，她來自中國的廣州。」

隔了幾個星期，卡卡爾太太同樣在我工作完畢之餘，提及了她的陳年往事。

「所以啊，每次妳來，總覺得有種似曾相似。雖然她是天主教徒，但這也是為何我之前想跟妳分享伊斯蘭教，因為當時我們彼此分享了很多不同的宗教觀念。」

「原來是這樣啊！」

「但不是每個人都需要宗教，也不是每個人都接受信仰的必要性。」

「這倒是真的，不過我有自己的宗教觀，也知道信仰對我很重要。」

「我也是，像我到英國這幾十年來，也是因為信仰，才讓我度過了許多困難。」

聽著卡卡爾太太的一字一句，彷彿像是回到了年幼的時候，也憶起總在我身邊，不時與我分享佛經故事的奶奶。

「那妳的中國朋友呢？還在倫敦嗎？」

「她前幾年得了癌症過世了，原本就住在隔三條街外。我一生未婚而她年輕喪偶，因為去參加一場朋友的聚會而相識，至少二十多年了呢，現在想起她，還是有點不捨。」

真是不可思議！兩個不同國籍、不同信仰的女子，竟會在遠方的異鄉裡相遇，不僅成了好友，情誼還持續了不算短的一段歲月。

「卡卡爾太太，不介意我有些問題想問？」

「問吧！我大概知道妳要問我什麼，為何我一個人在倫敦生活？為何一生未婚？還有包括我的父母等等，是吧！」

我不好意思點了點頭，而卡卡爾太太對此，再次展現了她一貫的若無其事。

「父母帶我從孟加拉過來，後來在這裡開了家雜貨店，他們一生雖平淡，卻始終信守阿拉的精神，並要我貫徹下去。」

「可惜的是，我的父母生活雖然簡樸，身體卻不夠健康，中年過後就陸續病故了，最後剩下我一個人。」

「我本來想回去孟加拉，那裡還有不少親戚，但幾次回去之後，總覺得格格不入，或許是我太習慣倫敦的生活了！還好跟著父母省吃儉用慣了，也存了不少積蓄。後來，我年紀大了，就把店頂讓，開始過著安靜養老的生活。」

「妳一個人在倫敦生活，不會寂寞嗎？」

「妳呢？我猜妳應該也是自己選擇離開台灣，堅持一個人在倫敦念書跟生活，寂不寂寞？」

卡卡爾太太有種輕易洞悉人心的能力，倒是讓我印象深

刻。

「我曾有個很要好的英國男朋友，也論及婚嫁，但他是很道地，也很傳統的基督徒。我們之間的唯一阻礙，便是他無法完全接納我的宗教，還常常因信仰而吵架。妳想，如果沒有真心真意的接納與支持，愛情又能持續多久？」

「我也有過英國男友，多少能體會妳說的，兩人之間總有無止盡，而且無法跨越的障礙，不管是宗教，還是文化。」

「當我知道他最後還是選了個跟他同樣信仰的英國女子時，我就作了一生不婚的決定。」

怎麼聽來都如此耳熟，小說裡的情節，總會在人間輪番上演。

「為什麼不給自己其他的機會？說不定會遇到願意接納妳的人。」

「喔，Chryssa，妳肯定誤會了！」

「不然是？」

「我的選擇是來自阿拉的旨意。每個人都可以選擇婚姻，而我只是更適合獨身。」

「所以？」

「只要店裡不忙，空閒時，我就會不時邀朋友來，或去朋友那裡，分享我的信仰；或替他們解決內心的困擾。只是我沒有依靠任何形式，就當成是生活的一部分。」

「像個沒有頭銜的傳教士？還是心理諮詢師？」

「都算不上吧，就是傳承父母的宗教理念，以前他們也都

會這樣做，所以在雜貨店後方有個小小的房間，專供朋友聚會所用。」

「之前，妳說過會感到困擾，也是因為這件事嗎？」

「沒錯。我跟妳提過，我曾抗拒其他教徒的傳教，後來選擇改變自己的事吧！」

「我記得。」

「也是因此，我後來才遇見了我的男朋友，但我卻因為太在乎愛情，而選擇忽略了他一直用他的信仰壓迫著我的信仰。」

「是喔？」

我不禁也想起了與前男友之間的種種衝突。

「離開他之後，我整個人輕鬆了許多。而且，更找回了當初，可以結交不同宗教朋友，而且更能堅守信仰價值的自己。」

「所以，這就是阿拉對妳的旨意？」

「妳說對了。雖然，我的困擾是有時候聽朋友分享內心時，仍會想起那些不悅的過往。不過，比起我可以做的事，那些只是需要時間淡忘的小事。」

「卡卡爾太太，我明白了。」

「人生便是如此，這裡雖不是孟加拉，但至少我在倫敦，可以一個人活得很自在，也很平安，誰能說這不是阿拉對我的安排？」

站在樓梯口的我，聽著卡卡爾太太的陳述，再度感受到那份安詳之氣，緩緩從她的神韻裡流露出來。

　　聽見卡卡爾太太聊到的過往，彷彿因緣遷移，漂泊四方的人們，總有屬於自己最後的落腳處。辛苦逃難來到台灣的奶奶如此；而選擇排除眾議，跨越了不同省籍的層層阻礙，從無到有，白手起家的爸媽也是如此。

　　「爸爸，為什麼你要早晚拿香拜拜啊？還對著天空。」
　　有次早上，媽媽還在準備早餐，而我打算先收拾一下，要提早一點去學校跟同學們討論系上活動時，看見庭院裡的爸爸，清掃完院子四周，還有一旁已拜完，並插妥在小香爐裡的三柱香。
　　「咦，我們的夜貓子公主這麼早起啊？今天不是星期日嗎？沒有習慣賴床一下？」
　　「等會跟同學約好談事情啦！爸爸呢？還沒回答我的問題。」
　　「喔，也沒什麼！妳知道，爸爸年紀大了，再過幾年就要退休，看到你們都長大了，很安慰。我的早晚三柱香，不是對著天空，是對著宇宙裡所有的菩薩，謝謝祂們幫我守護了我的家庭。」
　　「爸爸也相信菩薩喔？」
　　「妳不曉得？！不光是我，妳奶奶跟妳媽媽也相信的。」
　　「這我知道，奶奶跟媽媽都有跟我聊過菩薩，雖然兩人的方式不太一樣。爸爸又沒跟我提過，我哪會曉得，這我可沒說錯吧！」
　　「也對，那是爸爸疏忽了，別介意。」

「當然不會。媽媽還在準備早餐，我又難得早起，要不跟我分享一下？」

「當然好啊！妳這麼忙，我們好像很久沒聊聊天了。」

「不過，在我印象裡，小時候去廟裡時，也沒看見爸爸拿香跟我們一起拜拜呢！」

「妳忘了，來台灣以前妳奶奶跟我的生活裡常接觸到天主教，雖不是正式的天主教徒，但有很深的影響。後來到了台灣，妳奶奶選擇了佛教作為宗教信仰，常常會一個人去佛寺裡。」

「我知道，有聽媽媽提過。」

「我一直以為，有心最重要。並不是去間寺廟，或拿個香，就代表相信菩薩了。」

爸爸傳來再熟悉不過的話語，真不愧是奶奶的寶貝兒子。

「很多人都會去廟裡拜拜，對有些人來說，那是民間傳承的習俗，大家都該遵守的儀式。但是，只要帶著真心誠意前往，拿不拿香都不是最重要的。所以，我不拿香的原因，只是覺得不需要特意做給別人看。」

「所以，爸爸選擇在家裡獨自跟菩薩們對話，感覺跟祈禱好像喔！」

「多少是以前受了天主教的影響吧！只要真心，不管天主或菩薩都會明白。即使出了教堂，也不在寺廟，都不會影響我的信仰！」

「我現在可以體會，為何爸媽堅持要我念教會學校了！」

「妳說說看？」

「因為教會學校跟一般的學校不同，在教會學校，宗教是種無形的力量，可以適時引導人性，尤其是需要關注的未成年學子。」

「這想法聽來不錯，相信妳多年下來，肯定收穫不少！我跟妳媽可沒想太多，只是需要有紀律與信條的學校，來幫我們管管調皮搗蛋的妳啦！」

「只是這樣？我又不調皮搗蛋！」

「我知道，爸爸開玩笑的！不管如何，我很開心妳長大了，也會想了。我們進去吃早餐吧！」

「卡卡爾太太，今天要燙的衣服只有一件嗎？」

做完清掃工作，我到了樓上的房間裡，看到燙衣板上只有擺著一件衣服，便走到樓梯口，側身向樓下沙發上的卡卡爾太太問了一聲。

「沒錯，只有一件。」

「還有，床上的衣服好像少了很多，發生了什麼事嗎？」

「喔，前幾天有朋友來找我，聊了一下，我才發現自己年紀大了，外出的機會也變少了，很多衣服都沒什麼機會穿。所以，在朋友的建議下，我捐了些衣服，給更多需要的人。」

「這樣啊！那我知道了，我去工作了！」

「卡卡爾太太，衣服燙好了，今天只有一件，動作比較快。還有些時間，有什麼需要我幫忙的嗎？」

　　沒過多久，我下樓陳述了我的工作情況。

　　「那就幫我擦擦客廳與餐廳的桌椅吧！抹布在流理台右邊的架子上，藍色的那一條。」

　　「好的，我這就過去。」

　　「嗯。」

　　剩下的時間裡，我除了擦拭了客廳與餐廳的桌椅，也順便整理了流理台四周。

　　「卡卡爾太太，我每次來，看到廚房的窗戶都關著，最近天氣不錯，已經夏天了，不介意我把窗戶打開一點，通通風如何？」

　　「我不介意，隨妳吧，通通風也好。」

　　「卡卡爾太太，我都弄好了，妳要不要檢查一下。」

　　「不用了，妳又不是第一天在這裡工作，我知道妳沒問題的。」

　　「好的。還有，這是要麻煩妳簽名的工作表。」

　　我走到了卡卡爾太太身邊，將工作表遞給她。

　　「Chryssa，還記得之前妳有問過我，一個人在倫敦會不會寂寞？」

　　沒想到卡卡爾太太的記性真好，那應該是好幾個星期前的事了。

　　「我想起來了，可是妳沒有回答我，還反問了我同樣的問題呢！」

　　接過卡卡爾太太交給我的工作表，我的腦裡也浮現了當時

的情景。

「是啊，現在想告訴妳，我的答案。」

「好的，請說！」

「每個人都寂寞，但每個人也可以選擇不寂寞。」

「什麼意思？妳是說，妳覺得寂寞，但同時又不覺得寂寞？這樣等於沒有答案啊！」

「有的。可能等妳到了我這個年紀時，就會更明白。」

「跟妳的宗教信仰有關？」

「應該是。妳還年輕，不急，可以慢慢地體會！時間已經超過了，妳可以離開了，我想要休息一下。」

說完話，卡卡爾太太便閉上了雙眼，只剩下嘴邊掛著的淺淺微笑。

「好的，卡卡爾太太，那我先走了，下周見。」

卡卡爾太太的回答，聽在我的耳裡，像是啞謎般，無法得知在她心裡，寂寞與不寂寞的比例，究竟占了多少。然而，我倒是相當認同，宗教信仰帶來的心理影響，尤其，加上了年歲與經驗的增長，更能持續發酵。

「再過幾天，妳就要搭機回倫敦了，是吧？」

「對啊，後天晚上的飛機。」

「剛好我想去買雙氣墊鞋，妳陪我去百貨公司逛逛？順便去美食街，喝杯咖啡如何？」

「當然好啊，好久沒跟媽媽逛街了！」

在英國待了好一陣子，為了回台灣蒐集研究的相關資料，

我先知會了中心，請金協助調整工作時間。在涼爽的初秋時節，飛回台灣待了兩個星期左右，也抽空陪陪家人、見見朋友，分享多年在外生活的遊子心情。

「妳還記不記得，有一次妳打電話回家，說找了幾份兼差工作，還跑去當看護，我聽了之後非常擔心。」

媽媽很順利地，沒有花太多時間，便買到一雙她很喜歡的棗紅色氣墊鞋。之後，我們在美食街找了家咖啡館，點了兩杯拿鐵，挑了靠近角落，較安靜的位置坐了下來。

「當然記得。」

「而且，妳還跟我說了些話。」

「沒錯，我記得我說，擔心我的時候，就替我祈禱吧！」

「我這些年一直在想這件事，尤其妳知道，這總是會讓我想起妳爸爸。」

「爸爸？為什麼？」

「因為妳奶奶的緣故，不管是天主教或佛教，對妳爸爸有著不少的影響，他後來啊，都會早晚三柱香拜菩薩呢！」

「這我知道。」

「他啊，跟妳奶奶很像，都會用自己的方式去表達內心的虔誠。」

「這我也知道。」

「可是，妳不知道的是我一直沒說的困惑。來自不同家庭的我，雖然從小也有接觸宗教，也相信菩薩，但事實上我不太能體會為何他們母子對宗教信仰的表達，跟我認知差距不

小。」

「應該說，奶奶與爸爸是很有自己想法的人，即使宗教信仰也不例外！」

「就是這樣！當時我聽見妳電話裡說的話時，一方面雖然很惶恐；但另一方面，尤其妳提到上帝的無所不能，我又有股忍不住的感動，眼淚竟跟著跑了一堆出來。」

原來，那就是為何當初電話另端的媽媽，聲音後來變得怪怪的原因。

「不過，妳不在的這幾年，我常常跟一些宗教信仰不同的朋友聊天，才終於領悟到，那其實是種發自內心的相信。」

「所以？」

「我想告訴妳一件事，擱在我心裡很多年了。」

「妳爸爸過世之前，其實跟我說了些話。」

我看著桌子對面的媽媽，先喝口咖啡，停頓一下，才繼續說下去。

「是嗎？爸爸走了這麼多年了，怎麼都沒聽妳提過？」

「那時候的我根本不懂，也沒把他說的話當回事。後來，經歷很多事情，加上年紀大了才終於明白。覺得也是該跟妳說說了！」

「好的。」

「妳爸爸跟我說，雖然他對我放不下心，可是他的時間已到，該走了，叮嚀我自己要保重。」

「是喔！不是每個人都能有足夠的福分，知道自己要離開

了，爸爸肯定做好了準備！媽媽，那妳怎麼回應呢？」

「我只記得自己很慌張，眼淚一大把的，一開了口，竟還問他要去哪裡。可是，妳爸爸只是笑了笑，什麼也沒再回答。」

往事歷歷在目，爸爸走了之後，我記得媽媽的臉上剩下的是交錯著哀傷與寂寞的神情，多年來無盡也無窮。

「那麼，現在呢？」

媽媽再度停頓，持續了好幾秒鐘，看了看我，拿起杯子，又輕啜了一小口。

「現在很好啊，有妳在身邊。」

媽媽接著放下茶杯，伸出右手拍了拍我擱在桌子上的左手。

「回去倫敦時，一個女孩子家要小心，我會在這裡，等妳完成學業回來的！」

「媽媽放心！我們一起加油，都要把自己照顧好喔！」

「我會的。」

「那是怎樣的老太太？怎麼會讓妳想到妳奶奶？妳奶奶年紀應該很大了吧？還在台灣嗎？」

傍晚時候，莉卡工作回來，我也吃完了飯，在客廳裡跟她敘述著這幾個月來，我與卡卡爾太太之間的互動。

「我奶奶啊，已經不在了，我還在大學念書時，她就生病過世了。」

「是喔，真是抱歉，我不曉得。」

　　莉卡同時伸出了雙手，習慣地給了我一個輕輕的擁抱。

　　「沒事。不過她身體向來健朗，一直活到九十歲才離開！」

　　「是喔，我奶奶現在也差不多，她八十六歲了，跟我爸媽比鄰而居，一起在希臘的小鎮裡生活。」

　　「真好，享受悠閒的鄉村生活，一定很幸福！」

　　「那當然！過了中年之後，倘若父母還能在身旁，就真的是幸福了。我爸媽常常這樣說呢！」

　　「這位卡卡爾太太啊，我覺得她很有自己想法，跟英國或其他西方國家的老人不太一樣。」

　　「哪些方面妳覺得不太一樣？」

　　「妳覺得妳奶奶跟英國這裡，或其他西方國家的老人相像嗎？」

　　我沒有回應任何答案，反倒先問了莉卡的想法。

　　「希臘雖然屬於歐洲，但我們有自己獨特的文化與宗教信仰，想法與觀念並不跟其他的歐洲國家相同。」

　　「以我奶奶來說，她就非常勤勞，總是一大清早起來，還常常會去到附近鄰居那裡走走聊聊。一輩子都也沒離開過希臘的她，即使八十多歲了，不曾認老，也不會抱怨，很享受無憂無慮的生活，還常常協助需要幫忙的人。」

　　「這樣真好！」

　　「我也這樣想。妳看看這裡的許多老人，要不是一身病痛，就是看起來無精打采。我常常覺得，像倫敦這種大都會，根本不適合孤苦無依的老人，即使有社會福利的協助，仍是孤

單又落寞。」

「可能還是得看情況，因人而異！但妳說的也有道理。」

「如果要我過那種悲淒又落寞的老年生活，只要一想到，就覺得很難過。」

「我也是。」

「Chryssa，妳知道，有時候我會跟自己說，我真的很慶幸，因為心裡掛念的家人都待在希臘，而且還很健健康康！」

「聽到妳這樣說，真替妳開心！不過，卡卡爾太太倒是個例外！」

「怎樣的例外？我還在等妳分享，剛剛提到的不一樣呢！」

「從我替她工作開始，她其實個性上，應該跟妳奶奶，或跟我奶奶比較相像！雖然年少時就跟家人來到英國，但她很獨立，只要能做的就不會依賴他人，像我去的時候，只是協助她處理一些需要體力的工作。」

「是喔？聽起來，跟之前那位英國老太太有點不一樣。」

「是啊，其他的老太太們，多少都需要費些心神跟她們相處，卡卡爾太太反而有時候，會跟我分享不同的看法。」

「只要出勞力，不用太費心力，應該會比較輕鬆些？」

「當然啦！妳看我們兩人，即使有各自要忙碌的東西，偶而喝喝茶、聊聊天，就是最佳的能量補給呢！」

「沒錯，真是個好比喻！」

莉卡停了一下，拿起了桌上的大片巧克力，剝了兩小塊，

放在我的手裡，繼續說著：「吃看看，這是前幾天同事生日，帶給大家的小禮物。」

「好喔！謝謝。」

「其實，我每次聽妳聊看護的事，總覺得人若是衰老了，或生病了，生活就會跟著大幅改變。妳提到的這位老太太，還真不簡單，可以獨自一個人，身邊沒有老伴與孩子，在如此繁華的倫敦，還能堅持著簡樸的生活原則。」

「的確！但是讓我更佩服的，是她堅定不移的宗教信仰。她還常用這份信仰，去幫助更多需要的人們！」

「哇，真不容易！我老了以後，肯定很難做到這樣的。」

「妳知道，我每周日下午去她那裡，看著她臉上的神韻，或聽她跟我聊到宗教信仰的事情，那副精神奕奕的模樣總讓我覺得很舒服！」

「所以說，像我就沒辦法，不會選擇待在倫敦這裡終老的。」

莉卡又剝了兩塊巧克力，一塊放入了嘴裡，一塊遞給了我。

「我知道啊，妳是有情人在家鄉，癡癡地等妳回去呢！」

「那不是重點啦！妳也不會一直待在這裡吧？即使有工作機會？」

「是啊，即使喜歡在倫敦的自由自在，終究心裡掛念的是遠方的家人。」

「我就說我們是一樣的！」

「沒錯！所以我們是好室友啊！」

　　我吃完了手裡的巧克力，跟著莉卡一起看著電視，開心度過了宜人的夜晚。

　　「卡卡爾太太，我最近比較有空，想問問看，可以讓我看看妳之前提到的書嗎？關於伊斯蘭教的書。」

　　工作都完成之後，等卡卡爾太太簽名的時候，我順口問了一聲。

　　「呵呵，那些書啊！」

　　「是啊，怎麼了嗎？」

　　出乎我意料之外，卡卡爾太太竟然笑了起來。

　　「上個星期，我送給來自中國的朋友了。」

　　「上個星期？中國的朋友？」

　　卡卡爾太太將工作表交給我，繼續解釋著事情的來龍去脈。

　　「是啊，趁著復活節到來，天氣還不錯，我去前面的市集買點心時遇到的。」

　　「這樣啊！」

　　「剛好他們一家子，夫妻倆與女兒三人也在買點心，我們就聊了起來，他們才到倫敦沒多久，是從上海來的。」

　　「是喔！」

　　其實，我倒是挺失望的。

　　「那個小女孩十歲，跟我當初來倫敦的年紀差不多，爸爸是研究宗教的訪問學者，對伊斯蘭教也很有興趣。隔沒幾天，我就決定把手上的書都送給他了。」

「這麼巧？」

「人生就是巧合的組合，妳不覺得嗎？」

「的確是的。」

我很認同卡卡爾太太的話，尤其要細數發生在我身上諸多的因緣際會。

「巧合才讓我們相逢！」

卡卡爾太太親自替我開了門，任由門縫裡飄進來的風吹亂了她的髮絲，依舊不減她臉上老而不衰的風采。

「Chryssa，下周見！」

「好的，卡卡爾太太，下周見！

從那次替我開了門之後，每回當我完成了工作，穿好鞋子，拿起背包，準備離開的時候，卡卡爾太太總會露出淺淺的笑容，對我揮了揮手。

或者，卡卡爾太太與我，也會重複同樣的話語，宛如朋友般，等待著下周再相見的約定。短短幾分鐘的互動，一直持續了好一陣子，直到最後，當我完成一切的學業，離開倫敦之際。

故事四　洗滌

生活的每個角落，即使堆積了塵世間的種種糾葛，
若是用心體會，淨化的契機同樣無所不在。

「嗨，Chryssa，最近好嗎？」

「嗨，金，我很好，仍在努力寫論文中。妳知道，人的思緒真是難測，時時刻刻都在變化中。」

每隔一段時間，只要接到金的來電，就知道有新的工作要接手了。

「沒錯，我啊，不太懂妳讀的東西，但我只知道妳肯定沒問題的，妳那麼聰明，又很勤奮工作！」

老實說，我也挺愛趁機跟金聊聊。畢竟，生活在千里之外的倫敦，亞洲人雖然不少，卻難能可以遇到值得交流，骨子裡帶些直率性格，又不過於盛氣凌人，像金這樣可以互相打氣的韓國友人。

「我可沒有妳說的那樣啦，不然，早就可以完成學業，打道回府了！還是謝謝妳每次打電話來，總會給我加加油，還讚美我幾分呢！」

「客氣什麼呢？根據我在倫敦不短的日子裡，英國人可是挺沉悶的，我還是喜歡交些亞洲朋友。畢竟，我們亞洲人啊，還是有無限的青春活力，是吧！」

電話另端的我，聽著金的話語，也不自覺地浮現了她典型韓國人的臉龐：雙頰渾厚的國字臉龐裡，兩道粗眉底下的細長瞇瞇眼，還有總是輪轉自如、靈活生動、炯炯有神的眼珠子。

「妳打電話來，應該是要通知新工作吧？」

「妳看，這不就證明了剛剛我說的。答對啦，Chryssa，難怪我最欣賞妳！呵呵！」

　　金果然是快人快語，或許也是有像金這樣得力的助手在旁打理，瑪莎總能三不五時，擱下中心繁瑣的工作，閒情逸致地帶著家人各地小遊一番。

　　「這次是怎樣的老人家？」

　　聽見金的回應，我也開門見山，直截了當地問著。

　　「是個從印度來的、守了寡的老太太。跟獨子一家子，總共六口住在一起，妳去了就知道。不過，普利太太的英語不是很好，得要留意一下。」

　　「是嗎？這樣會不會很麻煩？如果不能用英語溝通，那我怎麼辦？我又不會說印度話。」

　　「放心，簡單的英文她都聽得懂，況且她的家人應該都會在。」

　　「她的家人會說英語嗎？」

　　「會的，她的晚輩都可以用簡單英語溝通。還有，這次的工作時間不是很長。我想，去了幾次後妳就會熟悉了，畢竟，溝通倒不是什麼重要的部分。」

　　「什麼？溝通不重要？為什麼？」

　　金的話讓我一頭霧水，難不成是普利太太有說話的障礙？

　　「放心啦！普利太太的身體沒有問題的！」

　　「所以，妳的意思是？」

　　「妳是去協助她清潔身體的，跟其他老太太不同，沒有太多的生活瑣事，加上普利太太個性也比較沉默，所以不怎麼需要溝通！如果有事，普利太太會要家人直接跟妳說。」金隨後

解釋了一下。

「這樣啊，妳一開始說清楚就好啦！害我有點擔心！」

「不好意思，我今天中午肯定吃太多薯條了，到現在都還沒消化完畢，看來影響了腦袋瓜，有點不靈光啦，別見怪！」

「沒事，我瞭解就好了！」

要是在中心的辦公室，肯定聽我說完話，金的右手就會自然靠過來，趁勢拍拍我的肩。像之前瑪莎對我轉述柏頓太太的稱讚時，一旁的她還會對我擠眉弄眼，比當事人的我還更加興奮！

「還有，普利太太那裡，也是我自己一個人過去，是吧？」

「那還用說，就跟去卡卡爾太太家一樣。我等下會把地址傳給妳，從下周日午後開始！記得要準時，這是普利太太的要求。」

「可是，妳不會忘了吧？我周日下午不是有排班，要去卡卡爾太太那裡嗎？」

「我沒忘記，妳就提早一點點出門，先去普利太太那裡，之後再去卡卡爾太太家。時間安排上已幫妳隔開了，有幾個鐘頭的空檔，放心！」

「這樣就好。」

「好了，我手上還有其他工作，改天再聊！Chryssa，要繼續加油！工作跟課業都是！」

「謝謝，我會的。」

　　剛進入初夏不久，當看護也差不多九個月了。周日的午後，我從住處出來，搭乘公車，再轉乘地鐵，抵達了科芬園站。

　　一年四季，科芬園一帶向來是著名的人潮匯集地，不管是觀光客，或當地居民，總愛聚集在此購物或逛街。

　　離地鐵站出入口不遠，有著相當熱鬧盛況的大型市集，而周遭一帶，大街小巷裡林立的，不光是名牌服飾或特色餐廳，還夾雜了許多具有獨特風格的各類商店。

　　普利太太一家人的住處，算是科芬園的外圍區域，偏往東倫敦的方向。從地鐵站出來，經過了不算太多的巷口，再穿過兩棟夾層建築間的窄巷，才抵達了僻靜的巷尾，門口斜對面還有個社區型的小公園。

　　下午一點半，我準時抵達了普利太太的公寓前，對著門口鐵門旁，有點破舊，米黃色的對講機用力按了一下。

　　一樓的鐵門，聞聲後自動開啟，我走進門內，關上門後，爬上了公寓的三樓。在沒有安裝電梯的狹窄樓梯間，透過樓層之間的微型小窗，還隱約可以聽到樓下小公園裡，傳來幾個孩童聚在一起的嬉鬧聲。

　　面對著咖啡色的大門，門的右上方有些落漆，我接連按了幾次沒有響聲的門鈴後，便敲了敲門，等了一會。

　　沒多久，有個留著鬍鬚的中年男子來應門，身高大約一百六十五公分左右，高我一點，身材微胖，左手還牽著個四五歲

大的小男孩。

「你好，我是 Chryssa，來協助普利太太清洗的看護。」
「請進，我是普利太太的兒子，她在房間等妳。」

進門後的走廊不算太長，差不多是柏頓太太家裡的一半距離，走道的盡頭分成兩端，一邊是客廳，另一邊是向右延續的通道。我跟著男子的腳步，踏入了走廊右側第一間，即普利太太的房間。

「妳可以把背包放這裡，那些是洗澡完，要擦在身體上的東西。」

房間裡有個小學生模樣的女孩看著我，指了指角落的凳子，還有床鋪旁的圓桌上的嬌生嬰兒油跟凡士林乳液。說完話後，隨即伸出手，從男子手上牽過小男孩，有說有笑地走了出去。

「妳好，我是 Chryssa。」

看著男子側身，用印度話與坐在床側旁的普利太太交談幾句之後，我先打了招呼，但她沒有搭理，望了我幾秒鐘，僅僅點了點頭便移開視線，起身往房間斜對面的浴室走去。

我跟在普利太太的後面，進入只有個白色浴缸與洗手台，空間窄小的浴室。洗手台上方有個老舊的小窗戶，陽光雖從窗縫裡灑了些許進來，整間浴室卻是昏黃黯淡，大白天裡也需要開燈。

　　穿著傳統印度服飾的普利太太轉身看了我，先在浴缸裡開始放水，接著用手勢示意她要更衣，要我去門外等著。沒過多久，我聽見了敲門的響聲，才再度走進浴室。

　　「拿著。」

　　普利太太坐在半滿溫熱水的浴缸裡，前方的兩個冷熱水龍頭仍持續開著，站在浴缸旁的我，依據她的簡短交代，接過了她遞來的灰色沐浴球，用水沾溼後，加些沐浴乳，並依照她指定的部分，開始慢慢擦洗她的背部。

　　「這樣可以嗎？」

　　雖然沒忘記金的提醒，不能確定哪些言詞是普利太太聽得懂的，我還是會依情況開口，確認手掌施力的適當與否。

　　「可以。」

　　除了普利太太嘴裡吐出的簡單回應，接下來的洗澡過程裡，我們之間，只剩下了不時舀水的沖洗聲與間斷性的水流聲，還有狹小的空間裡游移瀰漫的熱氣，以及在我臉頰兩側不時冒出與滴下的汗水。

　　「清洗乾淨。」

　　洗完澡後的普利太太，同樣透過了手勢，要我去門口等著，才準備起身更衣。

　　幾分鐘後，我站在門邊，看著普利太太推開門走出浴室，並回頭對我指了指浴缸裡面留下的髒污，還有浴缸邊緣擺置的菜瓜布與清潔噴劑，交代了接下來的清理任務。

　　「我知道了，普利太太。」

　　望著普利太太緩緩踱步，安全地走進房間後，我轉身回到
浴室，關起門後，帶上塑膠手套，一切準備就緒，要開始進行
清理時，才發現有兩個部分讓我大吃一驚，一是浴缸裡殘留了
厚厚一層，看來早已是日經月累的皂垢。

　　另外則是浴缸前方，塞住浴缸排水口的黑色塑膠蓋，上面
用了幾層黑膠帶封住些裂痕，再以細繩繞住，早就該淘汰換
新，卻依舊在原地置放著。

　　「每次用完洗手台，要順手清潔留下的皂垢。不然，日積
月累下來，可就得費大把工夫清除了。」

　　眾多的年少記憶裡，媽媽交代的生活守則，即使經年累
月，或者時空變遷，一直都盤旋在我的腦袋裡。

　　讀中學開始，我總會在浴室裡耗上不少時間，不管是清洗
容易出油，長了不少青春痘的臉龐，或是洗些手帕、襪子等小
東西。

　　從浴室出來時，往往會碰上從廚房裡或客廳裡走來的媽
媽，還有她的千叮萬囑。

　　「怎麼每次都只要求我？哥哥們都不用？」

　　當時正值叛逆期的我，拉長了臉，滿腹牢騷般，即使心不
甘情不願，仍是得在媽媽面前，乖乖完成清理的工作。

　　「那當然，妳可是我唯一的女兒，兒子們會娶老婆的，那
可沒得比。一個女孩子家，不養成愛乾淨的習慣怎麼行，以後
怎麼嫁人！」

　　多年之後，在相隔千里遠的陌生環境裡，的確印證了媽媽

對皂垢的說法。而且，半蹲在浴缸旁的我，重複年少時期養成的習慣，滿頭大汗，依舊努力刷洗著。

「完成了嗎？奶奶說，地板也要一起清潔，工具在牆角邊。完成之後，去她的房間。」

「好的，謝謝。」

差不多快清潔完浴缸之際，剛剛一面之緣的小女生打開了浴室的門，再度來當傳遞普利太太話語的使者，臉上倒是多了一丁點的微笑，即使明顯可以看見笑容裡的生澀感。

「普利太太，浴室清潔好了。」

等我走進臥室，普利太太依舊維持一開始的姿勢，但身體已挪到木椅上。看我進來，她點了點頭，並伸長手臂，眼神則跟著移往桌上蓋子已打開的嬰兒油。

「要擦油，是嗎？好的，等我一下。」

脫下手套之後，我先在手掌裡倒了些嬰兒油，用雙手搓勻後，分別適量塗抹在普利太太黑黝結實的雙臂上，再輕輕加以按摩，幫助推勻吸收。

我記得柏頓太太，總喜歡在我替她擦乳液時，適時用言詞表達些感受；普利太太則是閉著雙眼，不發一語，依舊停留在她獨自沉靜的世界裡。

「手臂好了，身體也塗一些？」

瞧見了普利太太露出的疑惑神色，我接著指了嬰兒油，再

輕碰觸她的背部，等待著她的認同。

「可以。」

也許是膚質的關係，即使柏頓太太與普利太太有著差不多的皮膚紋理；即使塗抹份量也差不多，普利太太的背部倒是不像柏頓太太那樣，有著明顯易見的乾燥皮屑。

「好了，擦好了。雙腳也要嗎？」

我再度用手勢指向雙腳，普利太太搖了搖頭，擺了擺手，打算自己動手。

她那隻有點晃動的右手，拿起嬰兒油，倒了些在左手掌心裡，慢慢彎下身，分別塗抹在雙腳上。過了一會，便拿起了乳液旁放置的藍色原子筆，望了我一眼，持續搖晃著筆桿。

「是要寫什麼東西？」

普利太太一直揮動原子筆的模樣，讓我有點困惑，不太明白她要傳達什麼。

看見我的不解，普利太太接著指了指我的背包，再指了指牆上的時鐘。

「普利太太，是要拿工作表簽名？」

望著快結束的工作時間，加上普利太太的點頭，我才恍然大悟，從背包裡取出了每日工作表。

「謝謝妳的提醒。」

普利太太拿著筆，緩慢吃力地簽寫完她的名字，而一旁等待的我，知道自己第一天的工作應該結束了。

普利太太再度望向我，點了點頭，沒有太多表情的臉上，只有示意我可以離開的神情。

「嗨，Chryssa，看護工作如何？聽莉卡說，妳現在一邊寫論文，一邊當看護。她說周日是妳最忙的時候，連想要跟妳聊聊都沒辦法，還說妳一天要去幾個老太太那裡工作，這樣緊湊的生活，能吃得消嗎？」

傑可是莉卡的男朋友，每隔幾個月就會抽空從希臘飛來倫敦幾天探訪女友。

「我還好，倫敦消費高，只出不進的存款也不是很多，總是要賺點生活費。老太太們的要求都不一樣，適應了就沒問題。」

「我不太明白這裡的情況。妳知道在希臘，家族成員總是會聚在一起，也會互相幫忙，不太需要什麼看護的照料，除非真的生了很嚴重的病，非得請人協助不可。」

「莉卡跟我提過類似的想法。」

「妳跟她們相處起來如何？有的老人還真的不易相處。」

「很難說，因人而異啦！」

「光是這點，我就跟莉卡說，我挺佩服妳的。」

「怎麼說？」

「我沒辦法耐著性子服侍『老』的人。妳看像我爺爺，他就很討厭人家將他視為老人，即使再過兩個月就八十歲了，還是精神奕奕的。他總會想盡辦法，在親朋面前，維持生龍活虎的精力。妳知道我的意思吧？」

「我知道，你爺爺很怕被當成沒有用的老廢物吧？很多老人都是如此。」

「差不多啦，就是怕讓人感覺礙手礙腳，又不得不依靠別

人協助，跟施捨沒兩樣。我也很討厭那樣，被人瞧不起，感覺很沒尊嚴。」

「這就是文化上的不同認知與差異吧！我當看護九個多月了，覺得倫敦這裡的老人，真的是自己沒辦法，才會這樣。」

「沒辦法什麼？」

「像你爺爺那樣啊，一直努力維持身強體壯的模樣。我覺得英國人向來是很自豪又很能幹的民族，或許，當身體出了狀況，想不認老也難。也或許，有我們不明白的苦衷。」

我拿起裝了溫開水的杯子，喝了一口，繼續說著。

「人啊，若不是生了病，誰又真想依賴他人呢？但不甘願不服老都無濟於事，英國人這方面倒是非常務實的。」

「我想也是，英國的天氣如此陰鬱，加上英國人的自視甚高，在這個國家生活好幾十年下來，身心看來都是重重障礙，要不生病才怪呢！」

「看來你不怎麼欣賞這裡喔？其實英國也有不少優點，不然，莉卡跟我怎麼會在這裡念書與生活。如果聽到你說的，不知她會怎麼想？」

「Chryssa，拜託，這只是我的想法，可千萬別跟她說，不然她若是下了逐客令，我就慘了，也沒有機會再來倫敦見她了！」

看著傑可一臉著急辯解的模樣，我笑了笑，欣賞他在乎莉卡的直率心意。

「沒事沒事，我瞭解，放心！」

「那就好，謝謝妳！」

「不過，Chryssa，還有一點，或許是因為我知道莉卡不會選擇在這裡待一輩子吧！希臘有陽光，風景美，又是我跟她一同成長的國家，雖然經濟環境沒辦法跟這裡相比。」

「這點我很認同！之前我跟朋友有去希臘旅遊過，正如你所說，你的國家有陽光有美景，真的很美。」

「謝謝妳的稱讚！Chryssa，那妳呢？完成學業後，是不是也會回家鄉？雖然莉卡曾說，妳之前交了個有點麻煩的英國男友，原本還考慮要跟他留在倫敦。」

「什麼啊，那早是陳年往事了！莉卡沒說錯，那個人真的是個麻煩。雖然花了不少時間處理，現在的我啊，早已無事一身輕了！」

「那就好。」

「而且，我當然會回家鄉的，台灣可不比希臘來得遜色喔，那也是個美麗溫暖的島嶼。」

「你們兩人在聊什麼啊？這麼起勁！今天剛好是五月裡的國定假日，Chryssa 跟我都不用外出工作，好好讓她見識看看美味的希臘咖啡，如何？我最親愛的傑可大師。」

睡了午覺起來的莉卡，隨即加入傑可與我的話題。

「希臘咖啡？跟一般咖啡有什麼不同？我之前去希臘時，還真是忘了在當地品嚐一杯！」

「妳別小看我們家的傑可，他可是希臘咖啡的大師喔，妳等下就可好好品嚐啦！」莉卡順勢轉身捏了一下傑可的臉頰，

一旁的我看著總是忙碌工作的莉卡,臉上出現燦爛的笑顏,也替她開心了起來。

家鄉的滋味總是無可取代,只是體會仍因人而異;如同從傑可手中接過來,的確與其他咖啡不同,另有一番滋味的希臘咖啡。

當然還有讓我大開眼見,爐子上那個專門煮希臘咖啡的精緻小壺。

「Chryssa,妳前幾天說又接了新的看護工作?還好嗎?跑來跑去的,會不會太累?」

年紀大我三歲的莉卡,也許都是獨自在異鄉生活的人,當了室友後,習慣彼此有個照應,而她總像個姐姐般呵護著我。

「妳知道的,我大半時間要專心讀書與寫論文,偶而還要去圖書館找資料,定期見見指導教授等等。中心幫我把工作全集中在周末晚上與周日整天,也真的替我節省了不少大老遠單獨前往花費的車程與車資。」

更或許是莉卡早我畢業幾年,也已經開始工作了,生活經驗都比我來得豐富;而我,除了半工半讀兩頭燒,畢業的時間依舊遙遙無期。

「妳啊,真是不容易呢!說說這次新接手的老人家吧!」

拍了拍我的肩,莉卡跟我一起坐在餐椅上,等著享用傑可待會煮好的咖啡,還有烘烤的點心。

「這次是個印度老太太,祖孫三代一家人都窩在一層老舊

的小公寓裡。她英語不好，有時會聽不懂我說的，若是無法溝通時，我還得靠比手畫腳。」

一邊對莉卡解說著，我的腦海裡也同時回想起普利太太的樣子。

「是喔，那肯定辛苦多了！這樣的老太太，選擇在英國生活，無法用當地的語言與外人溝通。我覺得，這個家庭肯定很傳統，說穿了，也很封閉吧。」

「為何不乾脆回印度呢？又不會說英語，年紀又大，跟外界的互動也少，不會感到難受嗎？」

一旁的傑可插了話，延續剛剛提及的話題。

「她有家人在旁啊，傻子。」

莉卡轉頭看了傑可一下，繼續對我說著。

「你看，我跟 Chryssa 還不是離開家鄉，獨自前來倫敦念書。即使我獲得學歷後，也還是繼續在這個大城市裡發展。」

「所以？」

「更何況來自印度的人們，能來此成家立業，甚至安身立命就是他們的希望。當今的印度是無法跟英國相比的，經濟是主因。要說，還是拜了當初英國統治之賜，才有機會來此生活吧！」

「但英國處處講求階級與地位，生活並不如表面所見，要我最後還是會選擇回自己的國家。」一旁的我也補充了想法。

「當然啊，台灣是個不錯的國家，妳的親朋又都在那裏，加上又有英國的學歷跟經歷，自然可以選擇讓自己過得好的地方。可是，這些家庭就不同了。」

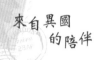

「怎樣不同？」

傑可再度插了話，兩人一來一往的模樣還真是甜蜜溫馨。

「這讓我想起前一陣子，跟來自香港的同事凱蒂，一同去了家中國餐廳，吃完晚飯後聊天的情形，凱蒂從小就跟著全家人來到倫敦定居。」

莉卡接著說了下去。

「收銀台的中國婦人，看上去應該五十多歲了，剛好當時有點晚了，沒什麼客人上門，她就跟前往結帳的凱蒂聊了一陣子。凱蒂後來轉述說那個婦人一直在抱怨工時過長、薪水過低，還要幫忙處理一些有的沒的雜事一堆。」

「凱蒂也問了她，為何年紀一大把，親朋都在中國，英語又不流利，錢應該也賺了不少，卻不肯回去中國享福，還要辛苦冒險，一個人在這裡打黑工？」

「打黑工？」來英國許多年，我還是第一次親耳聽到，在影集裡屢見不鮮的事情。

「跟妳合法打工的情況不一樣，是違法的，被抓到會惹上大麻煩的。」

「那不是很危險？每天都過得提心吊膽？」

「凱蒂也是這樣說，不過那個婦人說她一點都不怕，只要不出門，不出遊，工作完就馬上回家，不給警察機會碰上就好。」

「是這樣嗎？」傑可出現了狐疑的神情。

「可能吧！她還說，她五年多來都是這樣生活的，一點事

也沒有，好像還是從大都市來的，不過我記不得名稱了，好像是北京還是西安。她說在這裡沒交什麼真正的朋友，除了一起工作的人，不然就是來店裡見面認識的，像凱蒂一樣。」

「中國其實沒這麼差吧？」我也不免加了一句。

「我不知道。凱蒂說，那個婦人認為怎樣都勝過回去中國，說她願意如此辛苦，待在其實很無趣的英國，只是因為她在這個國家裡，呼吸得到自由的味道！除非有一天她厭倦了，才會考慮其他的選擇。」

「太荒謬了！哪裡沒有自由的味道？」

我一點都不意外傑可的驚訝程度，畢竟不是人人都能明白，過於複雜的中國社會。

「這也許是真的，中國歷史悠久，從改朝換代開始，內亂連連，後來成了共產國家，限制也不少；比起來，台灣應該自由多了。」

我多作了些解釋。

「我想，妳去的印度家庭應該也抱著類似想法，語言不通、生活辛苦，但怎樣都比回印度好，像基本人權與社會福利還是很重要的。」

「的確如此。」

「但我跟妳一樣，跟希臘相比，倫敦雖是繁華絢爛，也總是一場遲早會醒來的夢，始終少了能留住我的味道。等我的磨練夠了，就會打道回府了。」

莉卡趁勢看了傑可一眼，傑可則緊緊握住了她的手。

「Chryssa，這世界很難說的，總有人不惜遠離家鄉，漂泊

在外，即使終老也不想回鄉。可以說是一種專屬個人的堅持啦，只是對我並不適用。我內心最掛念的，仍是家鄉裡的親友。」

「沒錯，我會在希臘等妳回來的。來吧！祝妳們兩個美女放假快樂！」

說完，我們三人碰了碰手裡的咖啡杯，開始吃著熱騰騰的小糕點。

「我知道你會的，傑可。」莉卡隨後，看了看傑可，還多加了一句。

莉卡的話常常一針見血，尤其對家人的想法，總能引起我的共鳴，就像是之前準備出國前夕，當我聽到媽媽吐露了當年內心的想法時，感到震撼不已。

「媽媽，記不記得小時候，妳總是說，如果我是個男孩，就要把我給姑姑當孩子。因為姑姑家只有女孩，而我每次聽妳說完，都會發頓不小的脾氣。」

「當然記得，結果就是讓妳得到亂發脾氣的代價，挨我處罰了。」

「所以，妳真的會把我送給姑姑嗎？如果我真的是個男孩？」

「怎麼可能！妳可是我冒了生命危險，好不容易才生下來的孩子，不管是男生還是女生，都是我的孩子！」

「那以前為什麼不這樣跟我說？我一直以為，我是妳最不

想要養的孩子，只是因為剛好我是女生，才沒有把我丟給姑姑。」

「妳怎麼會這樣想？我只是陳述事實。妳姑姑的確在我懷孕的時候，有跟我提到過，畢竟當時我們家已經有男孩了，但是我並沒有答應，妳爸爸也不可能答應的。」

「原來不是我以為的那樣。」

「難道說妳是因為這樣，以為我不想要養妳，所以反抗心強，常常不太聽話？」

「也是有一點啦，但我才不是故意反抗的，只是希望自己的想法，也能受到重視，雖然有時候跟大家不太一樣！」

「傻孩子，妳知道我為何甘願冒著生命危險，也要生下妳嗎？因為我跟自己承諾過，我就是要生個女兒。而且，我也告訴自己說會好好養大她，就是這麼簡單。」

跟我在咖啡館裡的媽媽，喝了一口她習慣的黑咖啡，繼續說著她與我的因緣。

「當時的我身體很虛弱，年紀也算大，妳爸爸並不是很贊成，連醫生也要我別想了，但我還是歷經千辛萬苦，終於達成心願。」

「即使妳提早出生，像個小貓咪一般大，還得花我們大把費用，讓妳可以平安待在保溫箱裡兩個月，更別說還造成我肚子上那道不算小的疤痕。」

「所以，妳來說說，妳會是媽媽最不想要養的孩子嗎？」

媽媽看了我一眼，而我有點不好意思地低下了頭。

「即使妳已長大懂事，甚至將要一個人啟程，去遙遠的英國念書，但是妳仍是媽媽心裡放不下的孩子，妳知道嗎？」

「我知道了。」我也喝了口咖啡，小心翼翼地問著：「媽媽，不會生我的氣吧？」

「當然不會，但今天這頓就讓妳請客喔！」

「沒問題，包在我身上！」

媽媽笑了笑，兩人喝完咖啡後，還一同去附近的幾家服飾店逛了逛，度過一段難忘的午後時光。

「對了，傑可，你剛煮的希臘咖啡味道很特別，真好喝。可以再來一杯嗎？」

看著莉卡與傑可的互動，就像是記憶裡的爸爸與媽媽，一股熟悉的味道不自覺地湧上我的心頭。

「那當然，Chryssa！很開心妳喜歡來自希臘的味道！多泡幾杯都沒問題！」

或許，莉卡所言不假，在我替普利太太工作幾星期之後，一開始不易看見的蛛絲馬跡，也一點一滴慢慢呈現出來。

「讓我來吧，普利太太。」

協助普利太太洗澡已經好多回了，也未曾看見她有任何不悅的感覺。但麻煩的是，她卻堅持只讓我協助洗澡，洗頭卻得依當日情況，有時還會伸手制止。

「小丫頭，來幫奶奶看看，後面髮髻有沒有紮好？」

　　小時候，爸媽去上班或辦事，哥哥們去上學，或跟同學們出去，爸媽總是會讓我待在家裡，由奶奶來看著。

　　「奶奶，都繫好啦！」

　　留著一頭烏黑過腰的長髮，從不曾上過美容院的奶奶；跟結婚後就維持中短髮，喜好整燙梳理，定期上美容院變換髮型的媽媽恰恰相反。即使在台灣生活幾十年了，奶奶仍是自行整理頭髮。

　　平時，奶奶的一貫模樣，就是腦袋瓜後面，繫上厚厚一團的髮髻。只有洗完頭，或不小心讓愛往她房裡鑽的我碰到了，才有機會可以看到她的長髮模樣。

　　「那好，奶奶就放心了，小丫頭最乖了。來！這幾個牛奶糖給妳，記得收在罐子裡，不要一次吃完啦。」

　　「哇，好棒，謝謝奶奶！」

　　奶奶也愛不時塞些糖果給我，或帶我去巷口的雜貨店買糖果。

　　即使我那張酷愛吃糖的小嘴裡，早已一堆蛀牙，仍是很開心接收，來自糖果的甜蜜誘惑。就像是我喜歡看著奶奶腦後，那個神奇纏繞的髮髻。

　　有如拳頭般大的髮髻，不僅是專屬奶奶的獨特印記，更是奶奶與我的連結，因為在媽媽衣櫥抽屜的小角落裡，也有個專屬我的小小髮髻。

　　我的那頭長髮，打從出生開始，就一直跟隨著我，直到國小三年級剪掉之後，才換來一頭嶄新燙過的俏麗短髮。

「需要我幫忙時，請跟我說，普利太太。」

留有一頭同樣及腰的長髮，但身材偏瘦的普利太太坐在半滿水的浴缸裡，一口氣往淋溼的頭髮上，倒了兩團大的洗髮精，簡單塗抹後，開始搓洗起泡，不時還得將手臂高舉，費力清潔糾結在一起的頭髮。

當我只能看著她，用了水勺舀起浴缸裡的水，從頭部直接淋下，而她後腦上殘留了許多未沖洗掉的泡沫，一旁的我盯了好一會，最後還是忍耐不住，再度地開了口：「讓我來幫忙吧，普利太太。」

遲疑了一會，整頭都是水滴的普利太太停了下來，抹去左右眼眶旁的水珠，張開雙眼後，緩緩地將水勺遞給了我，由我接著完成洗髮的反覆動作。

經過幾次沖水，確定乾淨了之後，我停了下來，看著普利太太用力擰乾頭髮的水，並接續完成頭髮纏繞成髻的快速動作，原來，她靈巧的手技，一點也不比奶奶遜色呢！我等了一會，才搭配沐浴球與水勺，協助她一同完成了洗澡的程序。

「都洗乾淨了，普利太太。我去門外等妳。」

完成之後，我退到了門外，等著普利太太更衣。稍後，她走出浴室時，突然望了望我，同時用手指了指洗手台，還特意擺明了雙手搓洗的動作；我點點頭，等她走進房間之後，才再度踏入了浴室。

「洗衣服？怎麼之前沒有聽金說？不管了，反正也要清洗

浴缸與打掃地板，去做就是了！」

　　我的心裡冒出了小小問號，即使不時在卡卡爾太太那裡，也要協助熨燙類似的傳統印度服飾，但我倒是沒想到，浸溼之後的印度服飾，重量還真是不輕。

　　光一件衣服就塞滿了小小的洗手台，而且，整間浴室放眼望去，也沒有瞧見洗衣板或刷子等洗滌用具，我只好選擇在洗手台裡，搭配一旁放置的肥皂，用手慢慢進行搓洗的步驟。

　　「只是一件衣服，沒想到洗起來還真是不輕鬆！」

　　從浸泡到塗抹肥皂；接著搓洗再沖水洗淨；到最後用手慢慢擰乾，我費了不少的時間，才將這件衣服清洗完畢。

　　剩下的時間裡，我用牆側擺放的拖把將地板清潔乾淨，出了浴室，拿著擰乾的溼衣服，走向半開著的客廳門，裡面傳來普利太太其他家人的對話聲。

　　「請問，要在哪裡晾衣？」

　　彷彿擅自闖入一個未經允許的陌生世界，我的突然出現與提出的問題，似乎讓在座的人們自動地移轉了目光，全朝向客廳中央的電視螢幕上，包括曾對我微微笑的小女孩。

　　現場一片沉靜，無人回應一旁站著的我；而尷尬的我只能繼續站在門旁，進退兩難。

　　「就披掛在這個門邊上，要記得攤開拉整。」

　　還好不久，從隔壁房間裡出來了有過一面之緣，普利太太的兒子，而他的左手依舊牽了同樣的小男孩。他指了指客廳的

門，簡單地交代完，就跟小男孩再度走進房間裡。

客廳裡只剩下電視裡傳出的聲音，我背對著仍舊沉寂的這家人，使了不少力氣，才將挺有重量的溼衣服，披掛在高我快兩個頭的門邊上，並遵照男子所說，確保拉整好後，才把客廳的門闔上了一些。

等我轉了身，準備跨步前往普利太太的房間時，客廳裡再度響起了聽不懂的對話聲。

「不好意思，普利太太，洗衣服花了比較久的時間。」

普利太太仍舊端坐在椅子上，對我的話也沒什麼太大表情，眼神則直接盯著桌上的嬰兒油，以及一旁擺好的原子筆，再次提醒了我，做完塗油與擦抹的工作，還有記得取出每日工作表，讓普利太太簽名等例行之事。

順利完成工作後，我跟普利太太點了點頭，出了她的房間，踏在走道上，似乎只能聽得到腳上布鞋與地板的摩擦聲。

不論是抵達樓下時，按了無人應答的對講機電鈴，或是到了公寓大門前，無須敲門，早已半開妥，可以直接進入的大門；從頭到尾的工作過程裡，我只覺得自己像陣風，來無聲也去無息。

「那滋味挺不好受吧？像風一樣，無人聞問。」

莉卡挪開了沙發上的抱枕，在我旁邊坐下。

「是啊！我的確挺沮喪的，感覺那一家人不歡迎我呢！」

「不是之前有說過，他們家應該很傳統，也很封閉。」

「話是沒錯，但另一個來自孟加拉的卡卡爾太太就不會這樣。印度與孟加拉就在隔壁，同樣都有很深的宗教淵源，但卡卡爾太太就很謙和有禮！」

「傻瓜，這跟宗教毫無關係，是他們抱持的心態不同。妳啊，在這家印度人眼裡，只是去替老太太工作的陌生人。」

「也許真是如此。只是，每次去沒什麼言語與交流，我就渾然像個機器人似的，轉來轉去都是寂靜狹窄的空間，感覺怪悶的。」

「那老太太呢？還是抗拒妳替她洗頭嗎？」

不愧是瞭解我的莉卡，雖然我實在不是很想討論，但這的確是每周日午後都會困擾著我的事。

「Chryssa，說吧，沒事的。或許我還可以想想方法，供妳參考應對？我也遇過不少印度人呢！」

「最麻煩的就是根本無法準備，全依普利太太的心情決定。」

「什麼意思？」

「我說，普利太太有時候會在洗頭前，就直接將水勺遞給我，讓我完成後續的步驟；但有時情緒一來，就會堅持要自己來，讓我乾站在一旁，只能見機行事，但又不能多說什麼，她也聽不太懂。」

「那簡單，妳就跟她一樣，也來個隨心所欲吧！」

「隨心所欲？哪有可能？那又不是我的身體！」

「想想最初那位，一開始不讓妳發表意見的英國老太

太。」

「普利太太跟柏頓太太不一樣。」

「在我這個旁觀者角度看來，她們都是一樣固執的老人，太有主見，又太自以為是，只活在自己認可的世界裡，不允許他人發表意見。不過，我覺得這陣子以來，妳已經成功地把柏頓太太拉出她的世界了，所以兩人互動也好多了。」

若不是莉卡的提醒，老實說，我幾乎都快忘了柏頓太太最初對我的反應，一副下馬威的嚴厲模樣。

「所以妳是說？」

聽見莉卡的話，一時之間不太明白她的意思。

「當時的妳，不就是隨機應變，依她的指令調整？我還記得那時妳才剛開始當看護，凡事都很小心翼翼，但也沒見妳像現在這樣，相當困擾的模樣！」

「那是因為柏頓太太還多少會跟我互動一下，即使發號施令也沒有把我當成個無聲無息的機器人。」

「也許是吧！這次就是溝通出了狀況！既然這位老太太沒辦法好好溝通，就不要強求啦！我知道妳不開心的原因是受到冷落，可是那是她的問題，又不是妳的問題。」

莉卡咬了一口手上的蘋果，繼續表示意見。

「我啊，覺得事情很清楚，問題就在於這位印度老太太不擅溝通，或者說只是不擅用英語溝通。妳不會說印度話，她也不會說中文，只能用英語交流；既然她沒得選，那妳也不用選，各退一步就沒事啦！至於她的家人，就別管了。」

「妳是要我沉默以對嗎？」

「沒錯，管她能溝通或不溝通，做完事就走人吧！妳還有兩個老人家會跟妳溝通啊，即使有個例外，能讓耳根子暫時清靜一下，不也是好事？」

莉卡的反向思考，聽來倒是有幾分道理。

「別忘了，很傳統又很封閉的人啊，也只會用傳統封閉的方式來對待他人，尤其是打從心裡就認定跟他們不熟的人。」

「莉卡，謝謝妳的分析，那麼我就姑且一試吧！」

之後的每周日午後，前往普利太太的家，我總牢記著莉卡的叮嚀，讓自己用安靜的方式去度過，心情也平靜了很多，直到有一天遇見跟我一樣，同樣是局外人的訪客——維爾。

「咦，請問妳是？」

從浴室裡出來，正準備前往客廳大門晾衣的時候，我聽見了英語發音的問話。

「你好，我是 Chryssa，來協助普利太太的看護。」

「這樣啊，妳好，我是維爾，是普利太太兒子瑞曼的朋友，多年前曾一起在餐廳廚房裡工作。前兩年我跟弟弟們在東倫敦一帶開了家小餐館，專賣印度料理，有空時就帶著不同的菜色來拜訪老友，聊聊家常。」

「原來是廚師！我挺喜歡吃印度菜的，說不定哪天有空，可以去拜訪一下呢！」

望著眼前這位中年男子，身材與普利太太的兒子類似，不過精神奕奕的樣子，倒讓我聯想起卡卡爾太太臉上，總是煥發

自若的神采。

「不好意思，我還要繼續工作，先不聊了！」

望著手裡扭乾的溼衣服，突然記起了自己中斷的工作。

來普利太太家兩個多月了，首次好幾分鐘的侃侃而談，沒料到竟是跟個陌生的印度廚師。

「是我打擾了，不好意思，妳去忙，下次有機會碰到時再聊聊，我要先離開了。還有很開心認識妳，Chryssa。」

「好的，維爾。」

而且，短短的幾分鐘裡，兩個素昧平生的人站在寂靜的走廊裡交談，還是有點不可思議。

走到客廳大門晾衣的同時，背後也傳來維爾關上門的聲音，面對著我的客廳裡，依舊如昔，只聽得見電視裡的聲響。

然而，我已不如剛來之時，也不再有任何好奇心，更不想透過半開的門扉，瞧一瞧客廳裡的情景；換句話說，我已竭力做到了莉卡的建議，終能沉默以對。

「嗨，維爾，這麼巧，記得我嗎？」

隔了兩個星期後，離開普利太太的家，在過了三個巷口的轉彎處，竟碰見有過一面之緣的維爾。

「啊，我記得妳，是 Chryssa，對吧？妳看，我都四十幾歲了，但記憶力還是不錯喔！」

「來拜訪普利太太一家人嗎？剛剛沒看到你，我才剛完成工作離開。」

「今天不是去拜訪他們，是來送料理的。這陣子天氣不

好，店裡兩個店員碰巧都生病了，人手不夠，只好親自出馬。」

「專門外送服務？一般都是外帶居多呢！」

「不是外送服務，是來看另一個常光顧我店裡的老朋友，她也是定居倫敦很久的印度人，最近丈夫過世了，心情一直很沮喪。她是老主顧了，我來看看她，專程帶些她喜歡的菜餚，希望她可以舒服一點。」

「這樣啊，這裡住了不少印度家庭嗎？」

聽著維爾的說法，我也隨口問了一下。

「沒錯，如果仔細觀察，就會發現每個區域的建築陳設不太一樣，聚集的居民種類也不相同。這裡靠近市中心，交通算便利，但屋況多是老舊，空間也狹小，屬於中等或低廉的國民住宅，聚集不少印度家庭。」

「這樣啊！我倒是沒特別留意。」

「剛工作完，妳要回去了嗎？」

「還沒，先休息一下，晚點還要去個兩個老太太家裡工作。」

「是喔！這麼辛苦，看妳的樣子，應該還在念書吧？」

「嗯，沒錯。」

「每周來普利太太家幾次？」

「一次，她不太會說英語，有時候還要比手劃腳一番。不過，我倒很少碰到其他的人，我跟普利太太的兒子，也才見過兩次面。這家人好像很安靜，也挺神祕的呢！」

　　即使才第二次跟維爾交談，我還是按捺不住，提起在普利太太家工作的情形。

　　「普利太太家裡比較清苦，先生已過世多年。原本她希望瑞曼也跟我們一同開店，但瑞曼有三個孩子要養，尤其是經濟上的考量，後來便改行從事工程方面的工作了。」

　　「他們沒什麼親戚在這裡，生活也算簡樸，一家三代六口就是經年累月，一起窩在老公寓裡。」

　　維爾的娓娓道來，引我進入一塊不曾接觸的世界裡。

　　「見到一個素昧平生的東方年輕女子，我想可能也沒什麼話題可以聊吧。妳看，我就不同了，在這塊土地上見得世面可多了，我們啊，都是這塊土地上的異鄉人，偶而打打招呼，不也挺好！」

　　「沒錯，普利太太家的情況，我是毫不知情的，所以，還以為他們不歡迎我去幫忙呢！」

　　「來自中國的姑娘，這是不可能的！」

　　「不好意思，我是台灣來的。」

　　我還是不免糾正了一下。

　　「喔，抱歉。印度人擁有著古老的歷史，也經歷了許多沉重的苦難，環境跟歐美國家是不能相提並論的。貧富不均，生活艱苦，即使遠渡重洋，包括在此落腳的我，也都吃了不少苦頭。可是……」維爾注視著我的眼睛，停頓了幾秒，繼續說著：「我們是不會毫無理由排斥他人的！」

　　「我知道了。」

「下次我有機會去拜訪普利太太一家人時，會找機會跟他們說說。」

「這樣，不太好吧？我可不希望惹出什麼麻煩，要是消息還傳到中心，可能就更糟糕了！」

沒料到維爾脫口而出的話，我頓時驚慌了起來。

「沒事，不會讓妳丟了工作的，相信我。」

「那好吧，先謝謝了！」

後來，前往普利太太的家時，維爾的話就會在我的腦海裡盤旋，甚至衍生而來的忐忑不安更是持續伴隨，我也不知該如何是好。

過了一個月，當我差不多快忘了這回事，發現普利太太的兒子站在門邊等著進門的我，真是讓我嚇了好一大跳。

「Chryssa，我是瑞曼，不好意思，妳來替我母親工作一陣子了，我都沒跟妳自我介紹過。」

話一出口，肯定是維爾傳達了我的想法，只是不知到底說了多少。

「沒事的。」

「我想跟妳聊聊，還有母親剛剛已由妻子與女兒們協助洗好澡了，妳今天就當放個小假，接納我的歉意！我也答應了維爾，不會跟中心提的，別擔心。」

相較於之前維爾的說法，瑞曼的話更讓我不知所措起來。

「維爾是我的朋友，妳還記得吧？」

「記得，我們之前在走廊上碰過面，有次又剛好在街上遇

到，聊了一下。」

「他跟我說，妳以為我們刻意避開，是因為不歡迎妳。」
不知該怎麼接話的我，選擇保持沉默。

「真是抱歉，是我的錯，一開始就讓妳造成了錯覺。」

「別這麼說。」聽見他的話，我的心情倒突然輕鬆多了。

「我們去客廳裡坐坐！其他人都在房間裡，沒事的！」

第一次正式走進普利太太家的客廳裡，看著裡面所有精簡的裝潢，更確定了這家人，即使在倫敦的土地上生活，記得的仍是家鄉的傳統。

「我母親是個很嚴肅的人，凡事都靠自己，這幾年老了，體力不足，才開始由看護來協助一部分的事，平日的看護是波蘭來的；周六由家人自行處理；而週日的看護，在妳來之前，本來是個從非洲來的中年婦人。」

瑞曼拉開兩張木椅，在我坐下後，吞了一下口水，繼續陳述細節。

「我們原本就不會跟陌生人有太多交談，即使碰到也只是點個頭微個笑而已。」

「之前那位非洲婦人，人非常熱情，但話常常會脫口而出，她總說這裡太過簡陋了，比她住的地方還差，而我家人不喜歡她說東說西的，又不好制止。後來聽說她搬去法國了，我跟我妻子就決定減少與看護的交談。」

「至於波蘭看護，工作還算勤奮，但從頭到尾對我們沒什麼理睬，碰見了也不太互動，彼此沒有交集。」

「所以，我們以為看護都是一樣的，只是來工作。沒想到，根據維爾的轉述，原來妳跟她們不太一樣，還會在乎我們！」

瑞曼一連串陳述的情況，遠遠超出我的想像，聽在耳裡，仍是挺震撼的。

「謝謝妳，Chryssa！讓我們瞭解了妳的想法，妳可以在這裡休息一下，請將今天的工作表交給我，等下我拿去給母親簽個名，之後妳就能離開了。」

「也謝謝你告訴我這些事，的確是我誤解了，請見諒！」

「沒問題！」

瑞曼點了點頭，露出淺淺微笑，跟女兒挺類似的神韻，接過我手裡的工作表，轉身前往普利太太的房間裡走去。

「嗨！」

隔周周日，當我再度踏入普利太太家時，情況的確有了些許不同；首先，是普利太太發出的簡短招呼語。

「嗨，普利太太，妳好嗎？」

驚訝之餘，我也比以往多了些回應。

「好。妳也好。」

「謝謝，普利太太。」

跟著普利太太，一路走進了浴室，雖然她還是選擇自己洗頭，讓我在一旁看著她沖洗，但等到快差不多了，她將水勺遞給我，指了指頭髮，還特意多加了些用字：「多洗幾次。」

「嗨，Chryssa，謝謝妳來協助我婆婆，我是艾妮雅，是瑞

曼的妻子。這是我們的女兒塔拉，妳見過的，還有兒子瑞維，大女兒賽維塔跟朋友出去了。」

　　前往客廳門旁晾衣時，則是我第一次正面見到普利太太的媳婦，她有著微胖的身型，個子比先生小一點，穿著跟普利太太類似，但色彩較為鮮明的印度服飾。

　　「別客氣，那是我的工作。」

　　「我們不會打擾妳工作的，只是讓妳知道，瑞曼有跟孩子們交代了，如果他們剛好碰到妳時，會記得打聲招呼的！」

　　「謝謝，不用刻意啦，別給小孩太多壓力，隨他們就好。我是來工作的，也不會打擾你們的休息時間。」

　　「好的，沒事，妳去忙吧！我們先回房了。」

　　塔拉再度浮現之前的微笑，而由媽媽牽著的瑞維，邊走邊回頭看著站在客廳門邊晾衣服的我，進房間之前，還跟我揮了揮手。

　　「有點晚了，還沒睡啊？記得妳說昨天去見了指導教授，都還順利嗎？」

　　「妳呢，十一點多了，今天怎麼這麼晚才回來？對了，傑可呢？」

　　「傑可搭晚上的班機回去希臘了，我送他去機場，一起吃頓飯，並逛了逛商店，等他入海關後，我在咖啡館休息了一下才回來。」

　　「辛苦了！要工作，還要照顧來訪的男友。」

　　「是啊，妳不知道，我又可以輕鬆一些，不會有個閒人一

直在身邊繞來繞去的。」

　　奔波疲憊的莉卡臉上，似乎還多了些落寞。

　　我笑了笑，拍拍莉卡的手。

　　「妳還沒回答我的話呢？」

　　「還可以啦，就是指導教授又說了些想法，得花些時間再整理一番，希望下回見面時，能再多擠些篇幅出來。」

　　「妳沒問題的，這點我很確信。」

　　「除了每周來自媽媽的鼓勵之外，也謝謝妳，總是支持著我！」

　　「彼此彼此！誰叫我們住在同個屋簷下！印度老太太那裡呢？情況有好一些了嗎？」

　　「好多了，之前發生一些插曲；不過，昨天下午接到來自中心的電話，覺得難題又要來了。」

　　「怎麼回事？」

　　莉卡擱下手裡的包包，正打算坐下來，我趕緊制止了她。

　　「妳才剛從機場回來，先去休息吧！問題不急，我會自己處理的，畢竟都已經發生了。等妳有空時，我們再聊吧！」

　　「Chryssa，妳真好，總是這麼貼心！」

　　「哪裡，跟妳比起來還差一截呢，快去休息啦！晚安！」

　　「好的，晚安！」

　　我一直記得，後來那天，星期五下午，當金打電話來告知我關於工作的處理：「Chryssa，瑪莎請我很嚴肅地跟他們提了那件事，已經妥善完成了，妳可以放心，以後不用再白白做工

了！妳啊，還真是個傻女孩。」

「謝謝，我知道了。」

「還有一點，瑪莎還說這樣不行，我們會跟娜塔莉討論看看，如果她可以，妳的工作就全部交給她，中心會將妳調去服務其他的老人家。」

「什麼？是瑪莎的決定嗎？這樣好嗎？」

「沒錯，是她決定的，她說他們那樣做是不行的。」

「真的，我沒關係的，還是可以繼續原來的工作。」

「放心，我們會妥善處理的，也不會讓妳失掉工作的！」

「怎麼感覺好像是我不該將事情脫口而出，平白造成了大家的麻煩。」

「沒有那回事，妳沒做錯，是他們做錯了。好啦，晚一點會再跟娜塔莉詢問，等有進一步消息，我再跟妳說啦！」

「那好吧，看來，也只能這樣啦！謝謝了！」

「Chryssa，別跟我客氣，我們不只是同事，也是朋友喔！」

老實說，我一點也沒料到，事情會一下子就演變到難以想像的地步，更該說我根本想不到，好不容易因為維爾的介入，我跟普利太太一家人才開始了一個半月的良好互動，接著竟又轉換成烏雲密布的混沌情況。

在兩個星期前，金打了電話來，要我一周內抽空去中心一趟，說因為有新的看護加入，需要重新進行整合大家的工作，填寫更明確的調度時間。還說也有其他的事，要當面問問我的

意見。

　　「最近好嗎？雖然偶而通電話，但想想上回見面，好像已經過了好幾個月！真讓我有點想念！」

　　金熟悉的問候，始終如一。

　　「都好，謝謝妳的關心喔！我也很開心見到妳。」

　　「今天不用去學校嗎？」

　　「妳忘了，不是要我找個空檔時間來填資料，當然就沒有安排其他計畫啦！不過，還有什麼事嗎？非得要我見面談談，感覺好神祕呢！」

　　「也沒什麼啦，其實是瑪莎特別交代我跟妳私下聊聊，她這兩天去蘇格蘭辦些事。」

　　「說來聽聽吧！」

　　「前陣子有個老太太的案子，她一心想推薦給妳，時間與日期還未敲定。但老太太要用包月的方式，提供住宿，而妳只要負責專心陪伴，依她所需提供協助，包括了替她外出購物等等生活瑣事。」

　　「這樣啊，之前倒是沒聽瑪莎說起過。」

　　「是啊，一般來說，大家接的都是居家服務的案子，而這個案子比較例外，是老太太主動提出的。」

　　「費用給的條件不錯喔，也有商量空間，而且等她休息時，妳就可做自己的事，只不過有個條件，妳的其他工作就得轉給其他看護，全心照顧這位新雇主。」

　　「可是我不明白，為何要推薦給我？不是還有其他比我更

資深的看護嗎？我的經歷還未滿一年，只能算是初級生吧！」

與其說可以多點生活收入，我反而受寵若驚的程度居多。

「妳忘了，自從柏頓太太的事情之後，瑪莎一直很看好妳！」

這一直是我未曾預料的好結果。

「從來沒有人能夠耐得住性子，也不太容易受得了嚴峻的柏頓太太，更別說還能贏得她的誇獎，只有妳例外。而且，瑪莎也考慮了妳的課業，這個老太太住的地方蠻安靜的，適合妳在工作之餘，還可以專心讀書。」

「我考慮的是，如果住在一起，會不會因為生活作息的不同，造成彼此的不方便？而且，只有英國老太太跟我兩個人，還不知道我是否能勝任得了呢？」

「沒關係，如果妳真覺得不方便，也不勉強。妳這幾天回去想想，確定了之後，再來跟我說！只是，因為得安排調度人員，還是要盡快答覆！」

「好的，我會好好想想，再給妳答案。」

我一同將填好的時間表遞給了金。

「我順便看了妳的工作表，目前固定時段都在周末日，柏頓太太與卡卡爾太太那裡的回應都不錯，周一到周五也依妳課業所需，只排幾個月或臨時代班，以短期為主。對了，普利太太妳也去了好幾個月了，洗頭、洗澡等協助，沒什麼問題吧？」

「洗頭、洗澡等工作都還可以，只是洗衣服倒是挺費工夫

的，妳知道嗎？印度服飾又長又大，尤其浸泡了之後，重量還真不輕，加上徒手扭乾也挺吃力！但我已經慢慢習慣了。」

「妳說什麼？洗衣服？洗什麼衣服？誰要妳洗衣服的？」

金的聲音向來渾厚低沉，聽到我的話後，語調竟然高了八度起來，突然的模樣，不禁嚇到我！

接著，我才一五一十陳述過程，雖然不記得實際發生的時間點，應該是一開始沒多久的前幾個月裡，普利太太跟家人就告知要我洗衣服的情況，而金的臉色，則是越來越加凝重起來。

「Chryssa，那邊有椅子，妳先坐一下，我來調一下資料確認看看。」

金的嚴肅神情，老實說，挺讓一旁的我擔心，畢竟從當看護，認識她以來，還不曾見過她這副模樣。

「就說不是我弄錯了嘛！」

接著看她狠狠拍了自己額頭一下，更讓我不知該如何反應。

「Chryssa，我仔細查看了普利太太的基本檔案，他們家是有洗衣機的，所以不能要求妳洗衣服。」

「這樣是什麼意思？是我做錯了什麼嗎？會影響我的後續工作嗎？」

一時之間，整個人頭昏腦脹的我，根本搞不太清楚金要傳達的意思。

「妳別慌，先過來，我解釋給妳聽。」

　　我走到金的辦公桌前，看到她恢復過往的模樣，我也鎮靜了些。

　　「每個老人家在申請居家看護時，都依照各自需求來決定需要看護協助哪些工作。同時，中心這裡也會要他們誠實告知家裡的相關設備。」

　　「妳要明白，看護並不是去打雜的僕人，所做的工作都是為了協助那些無法自行處理的老人家。」

　　「妳的意思是，普利太太明明可以用洗衣機來洗衣服，卻因為一些私人因素，也許是想省錢，所以才要我去做。但我本來就不該幫這個忙的，因為那並不是我分內該做的事。」

　　「沒錯，不能將看護隨便呼來喚去，做些不該做的事情。」

　　「可是，我去卡卡爾太太家也有幫忙打掃。」

　　「那是兩碼子事。」

　　金再度停頓一下，喝了口茶。

　　只是，我有點糊塗了。

　　「卡卡爾太太一個人獨居，整理、清潔等等沒辦法都自己來處理，所以她請看護協助的，是這方面的工作。」

　　金拿起抽屜裡的巧克力棒，吃了一口後，繼續說著。

　　「普利太太不同，家裡有洗衣機的設備，不管要省錢用手洗，或花些電費使用洗衣機洗，都跟妳無關。因為妳是去協助她完成洗頭、洗澡等相關工作。」

　　「那麼像她要我洗澡後清理浴室，還有塗抹乳霜等等是不

是分內的工作？」

「那些都跟洗澡有關，適度的協助服務是可以的，洗衣就不行。」

「那我瞭解了。」

「妳喔，不瞭解情況時要主動問我，別讓人利用了做白工，而且白工還做了不少時間。」

「那現在怎麼處理？我過幾天還要去普利太太家裡呢！」

「瑪莎應該周五中午之前會進來，我先問問她該怎麼做，最慢當天下班前給妳消息，妳先別擔心。至於周日去普利太太那裡，千萬記得別再替她洗衣了。」

過了兩天的周日午後，我先按了樓下的電鈴，依照慣例爬上三樓，進入已半開的大門後，不知是不是腦海裡一直記著金的叮嚀，即使距離普利太太的房間只有幾步之遙，我站在寂靜的走道上，強烈感受到只有來自自己腳上，沉重的腳步聲。

「妳好，普利太太。」

「妳好。」

打完招呼的普利太太，臉上依舊如昔的神情，多少讓我暫時止緩了胸口裡，從進門便開始持續不停的心跳。

「這給妳。」

依照以往的慣例，普利太太幾乎都堅持自行洗髮，這次卻有了例外。當我進入浴室走到浴缸旁邊等待時，她直接就將水勺遞給了我，連頭髮都還是維持乾的，只是垂放了下來，由我

來進行淋溼與洗頭等所有步驟。

「好的，普利太太。」

普利太太的髮長，所以我並沒有依照她之前的方式，簡單搓洗兩下後，就迅速沖水的方式進行，反而換成我一貫的洗髮方式，花了較久的時間在搓洗上。

我先將長髮淋溼，讓泡沫盡可能的包覆所有部分，按摩頭皮，並徹底清除堆積已久的油垢，過程雖不輕鬆，但看著她從頭到尾都閉著雙眼，包括後續的洗澡全程，臉部的表情也比以往舒緩許多，彷彿有股煥然一新之感。

「謝謝。」

這也是幾個月來的第一次，當我看著她緩緩走向房間之際，聽見她從我耳際旁傳來的聲音。

「不客氣，普利太太。」

我再度回到浴室，陸續完成浴缸與地板的清理工作。當我站起身，看著洗手台裡更換下來的衣服時，的確如我所料，即使腦海中依舊迴盪著，昨天早上金特意打電話來告知的消息。

我還是有點遲疑，在洗手台前停頓一會，百般猶豫之後才轉身走出浴室，回到普利太太的房間，完成接下來的塗抹工作。

「嗨，Chryssa，我是金，不好意思，周末早上本是妳休息的時間，我還打電話來吵妳呢！」

「沒問題的，一切還好嗎？」

「我知道妳明天要去普利太太那裡，趕緊先打電話來告訴妳昨天跟娜塔莉談過後的情況。」

金停頓了一下，才開口說道：「很抱歉，中心沒能幫上忙。」

「怎麼了？娜塔莉怎麼說？」

「瑪莎要我聯絡了娜塔莉，我們原本希望乾脆由她一周工作五天變成一周工作六天，扣除不需要的周六之外，一周都去協助普利太太，不過沒想到，我才說完話，她就在電話裡哭了起來。」

「怎麼回事？」

「娜塔莉去普利太太家工作很久了，一直以來沒人理睬她，看到她也視而不見，原本她並不在意，反正只是工作，但普利太太不是很甘願讓她協助，弄得她精神上受了很大影響。」

「她跟妳不同，是全職的看護，每天手上還有其他的老人要照顧，而且她比較內向，容易緊張。對她來說，普利太太那裡，五天就是極限了。」

電話另端的我，聽到了故事的不同版本，其實也挺驚訝的。

「娜塔莉的英文也不好，沒辦法跟普利太太溝通，照她所說，去那裡都是提心吊膽的，怕是不是又得罪了他們一家人，她去那裏快兩年了，現在才跟我們反應。不過普利太太可沒要她洗衣服，這倒讓我們很訝異。」

「所以？」

「娜塔莉說的，我們會跟普利太太那裡再確認，看看是不是要重新安排新的看護，或做其他打算。至於周日的班，就還是依照原樣，由妳去協助。不過，如果他們又再要求妳洗衣，請妳一定要立刻反應。」

「我知道了！還有，妳提的那個案子，考量了我目前的情況，還是交給資深的看護，我就維持周日的工作吧！」

「那好，先這樣，明天去的時候，妳就照之前那樣！」

「我會的，謝謝。」

掛上電話，雖然我不太明白，普利太太兒子說的，還有娜塔莉說的，像是兩套不同的說辭，孰知誰真誰假。

好的是，我還是照舊，持續了原本的工作，也不用擔心收入的停止。不過也因為洗衣事件的爆發，多少讓我跟普利太太一家人之間，帶來了某些預料之外的改變。

不過，究竟會導致如何的結果，終究還是取決於彼此，是否願意面對改變，還有懂得處理的能力。

「爸爸，你又放我鴿子了！」

「女兒，下午工作比較忙，事情還沒處理完，加上又有朋友臨時從南部上來，根本無法準時離開。讓妳在校門口等了很久，真是抱歉！還好，最後妳哥哥去接妳，再原諒爸爸一次，好嗎？」

　　我總是記得讀中學一開始的日子裡，早上爸媽上班時，會順道送哥哥與我上學。只是，同時說好會來接我放學的爸爸，常常因為忙碌的工作，或朋友的不時造訪，老是抽不出身，讓我白白乾等了不少時間。

　　即使爸爸失了約，其他家人依舊會來接我回家，讓我平安抵達家門，又即使事後爸爸總是笑臉陪不是，我還是會生好久好久的悶氣，或許只是單單因為，我總是想看見放學時爸爸可以現身在眼前的那一刻。

　　「小妹，有妳的禮物喔！出來看看喜不喜歡？給妳專用的！」

　　當然，我更不會忘記，發生在中學二年級結束的暑假，當媽媽在庭院裡叫我的時候。

　　「什麼禮物？啊，是新的腳踏車！」

　　我推開客廳的門，走到庭院時，意外地看見一台淑女型的紅色腳踏車，筆直的擺放在庭院裡。

　　「妳爸爸啊！向來工作繁忙，朋友又多到不行，老實說媽媽也常常被妳爸爸放鴿子呢！」

　　似乎媽媽也趁機，難得私下發了小小的怨言。

　　「於是妳爸爸說，他每天都有很多事要處理，朋友也得顧到，但是又不想再讓妳失望，所以我們討論了一下，幫妳準備了更方便的工具，以後妳就騎車上下學，自己決定去回的時間吧！」

　　「真的嗎？要讓我自己騎車上下學？」

「那可不，妳又不是不曉得，妳爸爸最疼妳了！」

「所以，媽媽，這台腳踏車是我自己的？不用跟哥哥們共用？」

「當然啦！這台車的高度剛好適合妳，他們就算想騎，騎起來也不舒服。」

「可是，我不知道怎麼騎！」

「放心，交給妳哥哥吧！」

「嗨！」

「妳好，普利太太。」

「今天也都是由我來嗎？」

「是的。」

「好的，我知道了。」

「去浴室吧！」

即使曾經發生了些插曲，我與普利太太之間的情況依舊如昔，或者說，更順暢了些。

不僅打招呼成了我們之間的基本互動，關於洗頭、洗澡，甚至身體塗抹等等的所有細節，普利太太決定將一切過程都交給我來全程包辦，她只要靜靜坐在浴缸裡，或是房間的木椅上，自在放鬆就好。

「嗨！」

「嗨，塔拉！」

除此之外，偶而工作完成準備離開之際，我也會在普利太

太的房門前碰見，準備進來房間裡玩耍，同時也會對我微微
笑，或跟我說聲「嗨」的塔拉。

　　「我的千金小姐，放學回來啦！今天比較晚喔！」
　　才剛煞了車，就聽見門開的聲音，只見爸爸從庭院裡走出
來，對我說著。
　　「跟同學去吃了些小點心啦！不過，爸爸，你今天倒是比
較早回家喔！」
　　「腳踏車騎起來還好嗎？」
　　「很好啊！同學都很羨慕我，說我可以有自己的腳踏車
喔！還說我這台腳踏車很漂亮。」
　　「這樣啊！那妳喜歡嗎？」
　　「很喜歡，騎腳踏車的感覺很棒，雖然上坡時要費不少的
力，但下坡時就不用了，而且，風一吹，感覺好舒服呢！」
　　「喜歡就好。不過騎車一定要小心，尤其自己一個女孩子
在外，還是要注意安全！」
　　「我知道。」
　　「還有，爸爸，謝謝你送給我的禮物喔！」
　　「不客氣，只要妳開心，爸爸就開心啦！我們進屋去
吧！」
　　「好的。」

　　至於普利太太其他的家人，不管是瑞曼與艾妮雅，或是賽

維塔與瑞維，再也沒有出現在我的面前。

　　也許是因為，停止洗衣工作之後，也不再需要前往客廳門邊晾衣，我的工作活動空間自然縮小了，只存在於大門進來的狹窄走道，還有走道右側普利太太的房間，與斜對面的浴室而已。

　　從頭到尾，到底是誰的想法，又為何單單只有我協助洗衣的疑惑，仍是令我猜想不透，像是天空裡剎那間出現的烏雲，頓時便遮蔽了整個晴空。

　　但是，陽光仍會到來，一如烏雲仍會散去。

　　在離開倫敦之前，最後一次去普利太太家工作的那一天，當普利太太將工作表簽完遞給了我，而我轉身離去之際，我依舊記得門口等著我的塔拉，還有掛在她臉上真摯甜美的笑容。

　　即使過往經歷了起起伏伏，然而，塔拉的這份笑容，仍然替普利太太與我之間，畫下了美麗的句點。

故事五　交融

疾病纏繞的老邁身軀，透過內在調和的頻率，

總能撥雲見日，依舊綻開童心般的笑顏。

來自異國
　　　的陪伴

「午安，歐法瑞太太！還記得我嗎？」

「應該記得，讓我想一下。妳是，」對方停頓了一會之後，才接著回應：「喬伊？」

「是啊，妳好嗎？」

「還可以。」

喬伊跟我，站在藍色的公寓大門邊，望著只開了半個門，露出半張臉，有頭閃亮銀白色短捲髮，神色帶點嚴謹味的老太太。

「今天，我帶了新的看護過來，歐法瑞太太，可以先讓我們進去嗎？」

「進來吧！」

歐法瑞老太太退了幾步，打開了門，握著活動小餐車的把手，轉了向，往客廳緩緩移動，等小餐車擺好，歐法瑞太太在咖啡色的單人沙發裡坐下，喬伊才開口說明了到來的用意。

「歐法瑞太太，這是 Chryssa，從下周日早上開始，她會來替妳工作。」

「這樣喔？」

歐法瑞太太回完話，拿起餐車上的菸盒，從裡面取出了根菸，點了火之後，才側頭過來，看了一下站在一旁的喬伊與我，又馬上把頭轉了回去。

「我先帶 Chryssa 去廚房，讓她熟悉一下工作環境。」

「妳去吧！」

抽著菸的歐法瑞太太，相當地悠遊自在，對旁邊的我們一點也不在意。

「好的，謝謝歐法瑞太太。」

我跟著喬伊的步伐到了廚房，從冰箱擺放的食物，到流理台側邊的烤麵包機，還有廚房角落的櫥櫃，包括了櫥櫃上層裡置放的英國紅茶包，另外下層裡按日期擺好的每日藥品，都在喬伊的一一介紹下，讓我有了初步的瞭解。

「Chryssa，妳剛剛看到的藥品，都是依照每天早晚，用小袋分裝好，是固定的量，為了避免歐法瑞太太擅自跑來取用，每次拿完藥，除了確認她服了藥，櫥櫃也要檢查是否鎖好，這點相當重要，請牢記在心。」

「好的。」

「除了準備用餐與服藥，還需要打掃廚房，重點式地整理乾淨；這裡有抹布，用來擦流理台與桌子，樓梯下方的小門櫃裡，也有掃地與拖地的工具，妳可依當天的情況來使用。」

「嗯，我會留意的。」

「如果要上洗手間，二樓樓梯旁有一間，可以自行使用，只要記得，先告知歐法瑞太太一聲，讓她知道妳去哪裡就好了。」

「沒問題。」

「大致是如此，妳看看還有沒有不明白的部分，如果沒有，我們去跟歐法瑞太太說一聲，就可先離開了。」

即使好久沒見，喬伊還是親切如昔，總能輕易感受到她自然流露的熱情。

「Chryssa，歐法瑞太太比較嚴肅，妳去她家工作時，要特別留意她的情緒起伏。」

走出了大門，喬伊跟我一邊往大街上走去，一邊叮嚀著。

「情緒起伏？指的是什麼？」

「有時候，歐法瑞太太會忘記做過的事與說過的話，不是太大的問題，只要情緒上維持平穩就可以了。」

「所以，這是中心讓妳來帶我去的原因？之前幾個的老太太，中心都要我自行前往。」

「歐法瑞太太跟柏頓太太年紀較大，有自己獨特的個性，我以前跟她們有接觸，所以瑪莎認為，由我來介紹妳給她們認識會好一些。」

「瞭解了，還有什麼要注意的？」

「跟柏頓太太那裡差不多，照歐法瑞太太的話去做就是了！」

「好的，我知道了。不過真是麻煩妳，還特地跑來一趟！」

「沒什麼，我在這裡好多年了，交交朋友總是好的，我們雖沒見過幾次，但看到妳就讓我想起我在南非的兒子。」

「怎麼了嗎？」

「我兒子也跟妳一樣，還在大學裡念書，只是好久沒見到他了，都是通電話居多。」

「妳肯定很想他吧？畢竟，南非離這裡還是有些距離。」

「是啊，我都好幾年才回去一趟，家人全都在南非，很想念他們。只是，為了讓他們生活得好一些，就由我來這裡努力

工作啦！」

「妳真是個好媽媽，我媽媽也是這樣，為了家人，總是心甘情願地付出很多。」

「可不是，當媽媽都是這樣啦！Chryssa，時間差不多了，我要離開了，下周開始，歐法瑞太太這裡，就由妳多多注意啦！」

「我會的，妳也保重喔！」

「妳也是，加油！」

喬伊將大門與藥品的鑰匙交給了我，還特意用她孔武有力的臂膀，給我個大大的擁抱之後，才揮了揮手，各自朝向不同的方向前去。

隔了一周，我在周日清晨出門，先搭了公車，轉了地鐵，再接著改搭不同車號的公車抵達了倫敦西邊，花了差不多快兩個小時的車程，到了離派丁頓體育場不遠，一處相當悠閒且安靜的住宅區。

剛過完新年不久，一月初的倫敦仍是嚴寒，我在倫敦的生活又多了一年，看護工作也一年多了，不過不時能瞧見短暫的晴朗藍天，還是相當開心。

「歐法瑞太太，早安，我是 Chryssa。」

我開了門，走進屋內，對坐在沙發裡的歐法瑞太太打了招呼。

「妳是誰？」

四周無人，窗簾仍部分拉上的客廳裡，突然出現的人影與

聲響，想必多少造成歐法瑞太太驚恐的原因。

「不好意思，我是 Chryssa，是來協助準備早餐與服藥的看護。」

顯然歐法瑞太太並沒有聽見一開始的自我介紹，我再重複了一次，同時將背包與外套圍巾放在旁邊的木椅上。

「喔，妳好。」

「我先去準備早餐了！」

「去吧！」

歐法瑞太太回應後，神色舒緩許多，順手點起一根菸，跟首次見面時一樣，獨自沉浸在吞雲吐霧的世界裡。

我走進客廳隔壁的廚房，從大型冰箱的中層取出了剩下半條的白吐司、桔醬與奶油抹醬，往流理台走去。

依照喬伊的說法，我先確認了烤麵包機的刻度，放入吐司，等自動跳出後，分別在兩片熱騰騰的吐司上，將桔醬與奶油抹醬塗勻，放在盤子裡，接著把剩餘的物品擺回冰箱。

下一步是奶茶的準備。我用了電茶壺，先燒開了水，從櫥櫃上層取出了紅茶包，加了些鮮奶，再倒入熱水沖泡，靜置等了幾分鐘，取出了茶包後，連同烤好的吐司，一起回到了客廳。

「歐法瑞太太，早餐好了。」

「加兩匙糖。」

「廚房裡沒有看見糖啊？」

當我放下了餐盤與馬克杯，原本安靜無聲的歐法瑞太太，

突然冒出話語，讓我吃了一驚。

「妳看，這不就是糖嗎？」

歐法瑞太太指了指面前的小餐車，在菸灰缸的旁邊，的確有個瓷罐，裝了半碗的白砂糖，裡面還有個小銀匙。

「我知道了。」

「兩匙糖。」

依照歐法瑞太太的指示，我從碗裡舀了兩匙糖，與奶茶攪拌均勻後，看著歐法瑞太太拿起了吐司，我則在一旁靜待著。

「可以了，妳去忙吧！」

聽了歐法瑞太太的話，我再度前往廚房，用小鑰匙開啟上了鎖的櫥櫃下層，依照日期，取當天早上的用藥，再三確認後，才上好鎖，並倒了杯水，回到客廳。

「歐法瑞太太，這是今天的藥，還有配藥的溫開水。」

歐法瑞太太，沒有幾分鐘就吃完了吐司，盤子裡只剩下一些比較焦黑的麵包邊，還有剩下半杯左右的奶茶。

「好的。」

「我幫妳倒了杯溫開水，用來服藥的。」

我把藥品放在小桌上，看著歐法瑞太太把幾顆藥品同時放在口中，當她的右手正伸出，準備要拿起一旁的奶茶時，我便將溫開水遞到她的面前。

歐法瑞太太看了我一眼，眼神飄了飄，出現小小狐疑的模樣，停頓了一下，仍是拿起奶茶喝了幾口，緩緩地將藥品吞下。

「我一直都用茶來配藥。」

吃完藥的歐法瑞太太，抬起頭直截了當對著我的面說道。

「用溫開水配藥比較安全，對身體比較好喔！」

「這樣嗎？比較好嗎？我都八十幾歲了，還沒人跟我這樣說過！以後再看看啦！」

「好的，歐法瑞太太。」

我沒忘記喬伊的囑咐，讓歐法瑞太太情緒維持平穩最為主要，其餘都是次要的。

「喔，糟糕，我忘了妳的名字了！還有，妳從哪來的？」

「我是 Chryssa，從台灣來的。」

「原來是台灣來的 Chryssa 啊！」

對著電視螢幕的歐法瑞太太回應後，她突然抿嘴笑了幾聲，我不知如何回應是好，也只好不以為意了。

趁著歐法瑞太太吃完藥，稍微休息的時間裡，我將餐盤移回廚房水槽裡，清洗好後放置在瀝水架晾掛著，接著清理了流理台上的麵包屑，並將地板清掃好，完成後回到了客廳。

「清掃完了吧？別一直站著，先坐下！」

歐法瑞太太聽到我的腳步聲，開了口說話，手指縫裡則夾了根菸。

「這樣好嗎？我不是該站著嗎？」

「我說坐下就坐下，哪有什麼站著的事。」

在歐法瑞太太的堅持下，我挨著她身旁另一張黑色沙發，緩緩坐了下來。這是首次雇主要求，要我坐在她旁邊，的確讓

我有點緊張。

「妳站著，我會看不清楚妳的臉，跟妳說話不方便。」

「好的，我知道了。」

接下來的幾分鐘裡，歐法瑞太太並沒有跟坐在沙發裡的我交談，只是噴了幾口煙後，就會不時側過頭來望望我，有點神祕的笑了笑，又立即將頭轉了回去。

「妳忘了要給我簽名吧？」

過了一會，歐法瑞太太眼珠一轉，再度側過頭來，提醒我準備每日工作表簽名一事。

「好的，等我一下。」

「好了，時間應該差不多了，妳可以走了。」

我將工作表與簽字筆遞給歐法瑞太太，等她簽完交回給我。

「謝謝，歐法瑞太太，下周見！」

「再見！」

回了話的歐法瑞太太，嘴角再度揚起了一抹若有似無的微笑，還有慢慢吐出的一口煙。

「妳是誰？」

雖然工作了一個月，我每次開門走進歐法瑞太太的客廳時，仍會聽到很熟悉的一句話。

「早安，歐法瑞太太，我是 Chryssa，來協助準備早餐的看護。」

「我想起來了，早安，Chryssa。」

　　而且，每當我重述名字時，歐法瑞太太就會不自覺地露齒
而笑，然後是一貫的點菸動作，回到了專屬她的雲霧世界裡，
並等著早餐的隨後到來。

　　「早安，歐法瑞太太。」
　　「早安，Chryssa，等下可以幫我跑一趟嗎？」
　　才剛放下背包與外套，準備要開始工作時，歐法瑞太太便
開了口。
　　「怎麼了？」
　　「菸盒裡只剩一根菸了，去幫我買兩包菸！」
　　「好的，等早餐吃完，還有服完藥，我就去買！」

　　「兩包淡菸，謝謝！」
　　帶著歐法瑞太太塞給我的英鎊紙鈔，走出大門再依照她的
描述，過了兩個巷口，在轉角口看見了一家小雜貨店，我走了
進去，同時將空盒遞給櫃台的老闆。
　　「不會是妳要抽的吧？妳看起來不太像會抽菸的人。」
　　「老闆好眼力喔！我不抽菸，是幫個老太太買的。」
　　「是不是住附近的？以前也常常有人來幫她買菸。」
　　「是喔？她沒跟我說。」
　　「聽說年紀挺大了，老人家啊，還是少抽點菸比較好！」
　　「我也這樣覺得，只是菸癮很難戒掉的。謝謝，我先走
了！」
　　老闆將兩包淡菸先遞給了我，還有找剩的零錢，順便聊了
幾句，讓我憶起小時候類似的對話！

「爸爸，菸給你，老闆娘要我跟你說，少抽點菸比較好。」

「放心啦，我的大小姐，爸爸是老菸槍了，身體健康得很！剩下的零錢就給妳當零用錢，記得收好！」

「好的，謝謝爸爸。」

從小到大的記憶裡，爸爸總是菸不離手，工作忙碌的時候更是抽得兇，沒幾天就抽光一包菸。而我常常在放學回家後，吃晚飯之前，接過他手裡的紙鈔，跑趟隔壁巷子的小雜貨店，幫他買幾包菸回去。

事隔多年之後，雷同的場景竟在倫敦重現，熟悉不過地不可思議，尤其當歐法瑞太太也跟爸爸一樣，說出了同樣的打算。

「妳就收著吧！當作跑腿費！」

歐法瑞太太擋了擋我拿著零錢的手。

「這怎麼行？可以留著當下次買菸的費用！」

說完話後，我順勢將零錢塞回歐法瑞太太的手裡，看著她慢慢取出口袋中的錢包，一一將零錢收妥之後，才前往廚房進行餐後的清理工作。

「妳不介意我抽菸吧？很多人都不喜歡我抽菸，甚至都不願意幫我買菸！」

等我打掃完畢，回到客廳時，歐法瑞太太再度開了口。

「不介意！抽菸是個人的選擇。我爸爸也很愛抽菸，雖然

我們都不喜歡，知道抽菸對身體不好，但他很堅持，也拿他沒辦法。」

「妳爸爸也愛抽菸啊，不過我可是十幾歲就開始抽菸了，妳看，現在還不是好好的，都八十幾歲了，沒什麼大病大痛的。還有妳忘了別站著，坐下吧！」

「好的，歐法瑞太太。」

我在沙發上先坐了下來，繼續說著：「我爸爸跟妳類似，他也是十幾歲就開始抽菸了。不過，他六十多歲就離世了，是肺癌。」

「是嗎？很抱歉聽到這樣的事。」

「沒關係的，已經過了很多年，他自己也知道抽菸不好，就是無法承認，也或許很難戒掉吧！但他病痛時間不長，沒受太多折磨。」

「六十多歲啊，還真是年輕呢！」

「是啊，我媽媽比較難以接受，兩個人本來說好的退休計畫，都無法實現了。」

「放心，她會沒事的，妳看我也是一個人啊，也還不是走過來了！」

「也許吧！我也不曉得我媽媽要花多久時間。」

「沒問題的，Chryssa，上帝會照顧妳媽媽的。」

「歐法瑞太太，謝謝妳！」

倒沒想到，從此之後，跑腿買菸也成了不定時的例行公事，而歐法瑞太太似乎慢慢隨著她當日的感覺，會自行增減與

我對話的頻繁程度，尤其在工作了兩個多月左右，一段小插曲發生之後，情況更是如此。

「早安，歐法瑞太太。」

「早安，Chryssa。」

「今天有點冷，早上出門時飄了些雨，天氣陰沉沉的。」

「是嗎？我沒注意，反正屋裡都有暖氣，不冷。」

「不冷就好，我去準備早餐了。」

屋內雖有暖氣，但室外的溫度相當低冷，冬天的太陽又出來得晚，總讓人不自覺感到昏昏沉沉。

等我從廚房打掃清理完，回到客廳時，歐法瑞太太的頭斜靠在沙發上，雙眼閉了起來，似乎進入了小憩的狀態。

「歐法瑞太太，妳還好嗎？」

「還好，沒事。」

聽到我的聲音，歐法瑞太太醒了過來，順手又拿起面前的菸盒，取出一根菸點燃起來。

「歐法瑞太太，不介意我來整理一下吧？」

向來不太留意的小餐桌，或許因為當日過於雜亂，難得成了我的注目焦點。

「整理什麼？」

分成上下兩層的小餐桌裡，下層桌面上擺放了兩捲衛生紙，還有半滿的糖罐，以及沾滿了糖粒的小銀匙。上層有個菸灰缸，裡面至少堆積了十根以上的菸蒂，一旁還有打開來差不多剩下半包的菸盒，外層還包覆拉扯了一半，卻未丟棄的塑膠

套。

「妳的小桌子看起來有點髒，如果可以，我想用抹布來清潔一下！」

桌上有著明顯的褐色痕跡，應該是來自菸盒旁的奶茶，看著裡面剩下不到三分之一的容量，可能因為小餐桌不時的晃動，溢了不少茶汁出來。

為了不影響到一旁坐著且抽著菸的歐法瑞太太，我先將小餐桌挪開，蹲了身，從下層桌面開始擦拭，卻意外發現到旁邊的架子上堆積不少沾黏已久的糖粒，得用手一顆一顆剔除，再用抹布反覆擦洗，才能清除髒污。

同樣的動作也用在上層的桌面上，我先擦拭了殘留的茶汁痕跡，再倒掉了菸灰缸裡的菸蒂，連同糖罐的小銀匙一起清洗後，讓整個小餐桌得以煥然一新。

「歐法瑞太太，我擦乾淨了，妳看看。」
「真的，都乾淨了呢！妳連菸灰缸都洗了啊！」

我起身讓蹲了好一會，有點僵硬的身體放鬆一下，才在沙發上坐了下來。

「是啊！這樣看起來，是不是舒服多了！」

「Chryssa！」歐法瑞太太突然轉頭過來，看著我的雙眼說著：「謝謝妳。」她接著放下了手上的菸，握住我的右手。

「妳知道嗎？從來沒人幫我清理過小餐桌，頂多用衛生紙擦幾下而已。」

歐法瑞太太碧綠的雙眼，持續停留在我的臉上，第一次直

視著我，目不轉睛的模樣，讓我有點錯愕起來。

「之前我沒特別留意到，以後每次過來，清理完廚房後，我會順便來清理小餐桌的。」

「真好，Chryssa。」

歐法瑞太太說完話後，才放下我的手，轉回了頭，拿起菸灰缸上未熄的煙，再度回到她的私人思緒裡。

互動的次數多了起來，歐法瑞太太的笑容也慢慢開始出現，然而更多對話的內容，倒是逐漸讓我看見，歐法瑞太太不輕易吐露，卻又糾結不已的內心世界。

「Chryssa，我是金，最近工作都還好嗎？」

「都還好，沒什麼太大問題。」

「歐法瑞太太那裡，還順利吧？」

「沒什麼事啊，為什麼這樣問？」

金停頓了一下，才接著說下去：「只是例行公事，打電話來詢問一下妳的工作情況。對了，妳記得一開始的時候，喬伊有跟妳說什麼要注意的嗎？」

「有啊，她要我記得讓歐法瑞太太的情緒穩定下來。」

「沒有提到其他的？」

「沒有。」

「可能是喬伊不想特別提起，但是我還是讓妳瞭解一下，畢竟妳接觸的其他老人家們，比較沒有這個問題。」

「好的。」很少會吞吞吐吐的金，倒讓電話另一端的我有點緊張起來。

「歐法瑞太太有時候會忘東忘西的。」

「這我知道，喬伊有提到一些。不過，老人家都會這樣吧，老化了就出現健忘或遲緩等現象！」

「不光如此，歐法瑞太太有診斷過，她罹患了失智，症狀不算非常嚴重，但偶而會出現驚人的幻覺或妄想。所以，如果她說了什麼讓妳奇怪的事，甚至情緒突然變化，妳不要太驚訝，只要當場沉住氣，把工作完成就好。」

「是喔，謝謝妳告訴我，我會留意的。」

金的解說，不光讓我明白，歐法瑞太太與其他老人家的不同，而且讓原本不會將她跟失智聯想在一起，且壓根不在意她說什麼的我，也的確察覺了些差異。

不管是話語背後，歐法瑞太太想傳達的真實意涵，或者不時她會因內心波動而起伏不斷的心情。所有的癥結，絕大部分都源自於家人之間，一直以來累積的互動模式。

「Chryssa，我兒子上個星期六帶孫女來看我了！」

剛打掃完廚房，才走進客廳，就聽見歐法瑞太太的話語。

「是嗎？真好！咦，上個星期日不就是母親節嗎？我來的時候，竟忘了祝妳母親節快樂！歐法瑞太太，母親節快樂喔！雖然晚了一周。」

我想起了英國的母親節，不是根據美國習俗，選在五月第二個星期天慶祝，而是在復活節前夕，四旬齋戒節的第四個星期天，通常會在三四月間。

「一點都不晚，謝謝妳，Chryssa，妳呢？有沒有跟妳媽媽

說一聲？」

「台灣的母親節跟美國一樣，在五月，所以還不用。」

「跟美國一樣啊！我的弟弟一家人也去了美國，但他好多年前就過世了。」

「妳弟弟？去美國？為何不在英國？」

「我沒跟妳說嗎？我可不是英國人，是愛爾蘭人，只是他選擇去了美國，而我選擇來英國生活，已過了大半輩子了啦！」

「這樣啊！」

我知道愛爾蘭人，因為長久以來的宗教歧見，與英國之間的衝突不斷，曾經有不少愛爾蘭人選擇離鄉背井，前往美國尋求新生活，只希望能過得更自在也更自由。

「所以妳兒子特別來看妳，慶祝母親節嗎？」

避免談起太過敏感的話題，我將話題一轉，回到歐法瑞太太的兒子身上。

「算是吧！孫女再隔幾個月就要念大學了，剛好這陣子有空來看看我，我可是特別準備了不少英鎊，當成大禮物送給她！」

「妳孫女肯定很開心！也一定跟妳很親喔！」

「她是很討我喜歡，很聰明又很漂亮，尤其眼神像極了我兒子，不過她還有個弟弟，個性比較內向。」

「妳也很開心見到兒子吧？真不容易，還特地帶了女兒，在母親節前夕來看妳呢！」

「我一點也不開心。」

　　歐法瑞太太的表情突然沉了一下，聲音也瞬間提高許多。我想起了金的話，先選擇保持了沉默。

　　「妳知道嗎？我唯一的兒子，幾年前搬離倫敦時沒跟我說，這一年也沒來看我幾次，連之前的耶誕節，不但沒回來，一家人還偷偷去了法國，更不記得打通電話來問候我。後來我還是電話裡聽孫女說了，才知道他們去法國的事。」

　　「這次我兒子會來，是因為孫女堅持要來看我，說好久沒見到我了，我兒子才帶她回來待半天，只是剛好碰上母親節。」

　　「我兒子變成這樣無情的人，都是因為他娶了那個女人。」

　　歐法瑞太太一連串的話語，竟讓我想起了之前的柏頓太太。

　　「妳看看，那女人就站在那裡！一副神氣活現的樣子，我什麼都給我兒子了，連他要換車，還是我花錢幫忙買的！那女人把一切都奪走了，包括我最愛的兒子，忘了媽媽的兒子！」

　　在向來不太干涉小孩事情的西方社會裡，倒沒想到眼前的歐法瑞太太竟如東方社會的父母般，如此在意著她心繫的兒孫。

　　「歐法瑞太太，這裡沒有其他人啊，只有我們兩個人！」

　　只是，歐法瑞太太湧上來的情緒，卻比柏頓太太來得更為激烈，也更加心酸。

　　「就在那裡，妳仔細看看！趕快幫我把她趕走！」

　　歐法瑞太太邊說邊拉著我的手，並指著正前方未開機的電視螢幕。我才恍然大悟，歐法瑞太太應該出現了如金所說，失智造成的幻覺！

　　「歐法瑞太太，我看到了。不過放心，她剛剛一看到我，就嚇走了。」

　　隨口跟著附和的我，並沒有忘記，穩定歐法瑞太太的情緒是最重要的原則。

　　「喔？是嗎？妳說她走掉了嗎？確定嗎？」

　　歐法瑞太太的語氣，也跟著緩和了下來。

　　「確定，沒事了，歐法瑞太太，喝口茶，休息一下吧！」

　　「那就好，謝謝妳，Chryssa。」

　　歐法瑞太太對家人忽略她的難受，所出現的情緒波盪，每當在我的面前呈現，除了見機行事確保妥善處理之外，其實，也倒似喚起了許多年前的記憶。當時，快九十歲的奶奶，在她的晚年，也莫名罹患了某程度的失智，讓家裡經歷一段愁雲慘霧的困境。

　　「媽，我回來了。」

　　「怎麼這麼晚？八點多了，吃過飯了嗎？」

　　在廚房清洗整理的媽媽，看見我便問了一下。

　　「跟同學一起吃過了。學校有些義賣活動，同學約我去看了一會，並討論一下課業。奶奶都還好嗎？」

　　「老樣子，越來越不太愛吃東西，話也越來越少。」

來自異國
的陪伴

「之前我還在外地念書，有空回來時就常聽哥哥說，奶奶幾乎天天下午一開門就出去，他從學校回來，還要跟妳輪流到處去街頭巷尾找人。」

「沒錯，我回來會先做飯，讓他去找妳奶奶，順利的話都可以找到，偶而等我做好了飯，還沒找到就讓妳哥哥回來吃飯，換我出去找。甚至有時候，妳奶奶走得遠了，他還得跑去警察局，去領妳奶奶回來。」

「是喔？好辛苦呢！那你們怎麼知道奶奶去哪裡呢？」

「其實，妳奶奶去的地方都不會差太遠，加上她也走不快，只是沒有確定的方向，都要碰碰運氣！她幾乎都是黃昏時，差不多太陽快下山那時，剛好在我們回家之前，早了一步開門離開。」

「不過我轉學回來之後，覺得奶奶更虛弱了，走路也沒辦法了。」

「是啊，妳奶奶年紀這麼大了，沒什麼大病，但身體還是會衰老，有幾次走路摔倒，後來就不太能走路了！」

「還有，我發現她幾乎不認識我了，去跟她說話時，不但沒什麼回應，竟然還突然稱我『小姐』呢！」

「妳奶奶情況是越來越糟，也不太吃東西了，我得想想辦法讓她吃些東西，或餵些流質食物也好。」

媽媽每次提到奶奶，總是滿臉的憂心重重。

「我記得以前周末放假回家時，有時看到奶奶一天之內，跑去電鍋裡盛了好幾頓飯呢！」

　　「照醫生的診斷，那不是妳奶奶餓了，是腦袋慢慢開始混亂，弄不清楚是否吃過飯了。只是，阻止她去盛飯也不行，妳知道妳奶奶很固執的。」

　　「是啊，這點我從小就知道了！奶奶很能幹！媽媽也是！」

　　「好啦，不說了，妳上了一天的課，快去跟妳爸打聲招呼，他剛剛還在客廳等妳回來呢！記得，好好用功念書就是妳最重要的事，別讓我們操心。其他的就不要管了。」

　　面對一同生活數十年寒暑的奶奶，即使省籍不同；方言也不同；生活習慣更不同，媽媽始終謹記克盡人媳的本分，而我從小到大總是扮演她的忠實聽眾，從媽媽的陳述裡，得知兩人的互動情況。

　　不管是專程挑工作午休時間，去訂做給奶奶穿的衣服，或是三不五時會做奶奶最喜歡吃的油煎青椒，媽媽一直竭盡心力照顧著奶奶。

　　雖然當時我尚未出生，或又是年紀過小，沒有親眼目睹，但媽媽吐露的字字句句，總能如數家珍般一直完整無缺鑲在我的記憶深處。

　　「早安，歐法瑞太太。」
　　「喔，是 Chryssa 啊！」
　　「先來幫我個忙。」
　　難得我一進來，就看到歐法瑞太太站起身，一臉的慌張模

樣，不知道發生什麼事了。

「是要去買菸嗎？」

「不是，我跟孫女的照片不見了，我一直都放在壁爐的上面，不知道怎麼就突然不見了！」

「是怎樣的照片？」

「是她小時候，我們夏天一起去攝政公園裡照的，裡面有很多花。」

「好的，別擔心，妳先坐下來，我來找找看。」

我先放下東西，開始在客廳各處的角落找著，雖然一無所獲。

「客廳裡都沒有，要不先吃早餐，我再來幫妳找找？」

「我現在根本吃不下，要是找不到，我就不吃了！」

「這樣啊，那我來想想，除了客廳之外，有沒有可能會在其他的地方呢？妳去過的地方？」

「那妳去三樓，到我的房間找找看。」

歐法瑞太太的堅持，想必那是張很重要的照片，我依她所說，爬上三樓，進到右邊的小房間裡，幸好一眼就看見，擺在床頭櫃上的黑色相框裡，有張如同歐法瑞太太所陳述的照片。

「歐法瑞太太，我找到照片了，好端端的放在妳房間裡！不過，我把照片帶下來了。」

「是嗎？那應該是我弄錯了，謝謝妳。」

當我將相框遞給歐法瑞太太，她接了過去，一面盯著照片仔細觀看，一面又接著笑了起來，沒過幾分鐘便把照片拿給

我。

「是要放在壁爐上嗎？」

「不了，Chryssa，妳還是幫我拿回去房間裡，放回原處比較好！」

「好的，現在去嗎？」

「是的，謝謝妳！」

五個多月下來，歐法瑞太太的狀況一直都不錯。只是一談到了家人，大小狀況就會偶而伴隨出現，也讓我逐漸明白在她嚴肅的面容下，其實藏了一顆相當善感的心。

「我不是說過，走路進來不要靜悄悄的，一點聲音都沒有？怪嚇人的，妳知道我不喜歡。」

「媽媽，為什麼？有什麼好怕的。」

其實不亞於歐法瑞太太，在我讀小學的印象裡，我的媽媽也有顆多愁善感的心。

「可能以前常常被嚇到吧！現在還是會怕怕的。」

「被誰嚇到？」

「妳奶奶啊！」

「怎麼了嗎？」

「跟妳爸爸結婚時，兩個人都是領薪水的窮老師，一家人得窩在設備簡陋的學校宿舍裡。妳奶奶當時才剛搬來跟我們住，我還不太聽得懂她說的話，裡面常常夾雜著方言，而且她總是穿雙黑布鞋，走起路來靜悄悄的，又是一身的黑衫。我膽

子小，稍不留意，轉個身就被嚇到了！」

「是喔？那妳有沒有跟奶奶說？說妳被嚇到了？」

「我怎麼能開口，那是我婆婆呢！也是妳爸爸的媽媽呢！」

「那有沒有叫爸爸去跟奶奶說？」

「也不能麻煩妳爸爸啊，就只靠自己慢慢調適過來了！」

「所以，奶奶一直沒變，到現在仍是一身黑衫，還有腳上一雙黑布鞋。」

「是啊，不過妳看我們家處處明亮，我已經好多了！但說真的可不想再重來一次了，所以妳啊，可別嚇媽媽！」

「好啦，我會記得的！以後走路會十分『用力』的！」

「不用用力啦，只要適度出聲就可以了。」

「沒問題！」

媽媽沒說話，看我有點故作正經的樣子，嘴角笑了笑，還摸了摸我的頭。

「Chryssa，好一陣子不見了，最近工作如何？妳現在一天從早到晚，要去四個老太太家啊！大家都在周日放假休息，妳卻忙碌地工作。」

莉卡前陣子回去希臘一趟，聽說她媽媽生了場病，待了好幾個星期才回來倫敦。

「我沒事，已經習慣了。妳呢？妳媽媽還好嗎？」

「她還好，向來不太會感冒的她，這次竟然持續好幾個星期都沒好，可能真的是年紀大了，免疫力也差了些，又剛好遇

到季節交替。她前幾天差不多恢復了，我交代了弟弟與弟媳多留意，才放心回來。」

「回去有遇到傑可嗎？」

「他啊，還不錯喔，這次回去的時間裡，每隔兩天就會來我家陪我一起照顧媽媽，也讓我跟爸爸可以輪流休息一下。以前我生病的時候，都沒見他這麼勤勞對我呢！」

「原來傑可這麼貼心，妳爸媽肯定很欣賞他！」

「是啊，他們早就把他當一家人看了，只是差在還沒有結個婚，帶個戒指，請個客慶祝一番而已。」

「真好，很替妳開心。」

「妳呢？最近新安排的老太太如何？」

莉卡依照慣例，只要兩人開始對話，肯定會先準備好茶點，知道彼此話匣子一開，準要持續一陣子。

「比起其他的老太太，這個老太太跟我相處起來還不錯。」

「是嗎？這樣很好，妳真棒！先喝杯茶吧！」

莉卡將泡好的伯爵茶遞給我，提醒我記得趁熱喝。

「不過，歐法瑞太太跟其他老太太不太一樣，她患有失智症，有時候會出現一些幻覺與妄想。」

「會很嚴重嗎？」

「我也不太清楚是輕度還是中度，中心沒有詳細說明，但我看她有在吃藥控制，所以還好。平時溝通沒什麼大問題，只是提到了家人，狀況出現的頻率才比較多。」

「發生什麼事嗎？怎麼提到家人會這樣？」

「說來話長，總之，聽她的說法，她跟媳婦的關係很差，唯一的兒子又一直站在媳婦那邊，不常來探望她，互動也很少，只有孫女跟她的關係還不錯，還跟她保持一些聯絡。」

「是嗎？聽起來很淒涼呢！老太太一定心裡很孤單。」

「歐法瑞太太跟媳婦啊，兩人簡直像敵人似的，不時出現的幻覺也都是跟她媳婦有關，讓我看了都很不捨。她八十幾歲了，其實人挺好的，還常常會跟我聊天呢！」

「每個家的情況都不一定，像這次回去，我看到媽媽生病，才覺得能遇到傑可，是很幸運的。他都會主動來家裡幫些忙，或三不五時去問候我爸媽，可不是每個人都能做到的。」

「我還記得上次，他很耐心地煮咖啡給我們喝呢！」

「是啊，像我弟媳就很強勢，可能因為跟我爸媽住在一起，什麼事都想當家出頭，而我爸媽又考慮到我弟跟寶貝孫女，所以退讓居多，不會跟她太計較。」

跟莉卡住了這麼久了，倒是第一次聽到她描述弟弟與弟媳的情況。

「說實話，人與人之間的相處真是難說。妳看我們個性就很契合，生活在一起很自在，像家人一樣。我想，老太太的媳婦，可能真的沒辦法與老太太相處，才會弄到彼此像敵人一樣。」

莉卡也喝了口茶，繼續跟我討論歐法瑞太太的情況。

「的確如此，但我比較難過的是，老太太的腦袋已經生病

了，竟然還存在著如此深層的恐懼感，想必是受了很大的委屈吧！」

「該怪的是她兒子，沒有做好協調的角色。像傑可，我們從高中就認識了，但一開始他跟我爸媽也很生疏，我可花了不少時間拉近他們，增加彼此的信任感，才有現在的良好互動，就算我目前不在希臘也沒有影響的。」

「沒錯，只是蠻多男人都會習慣選擇不去面對！兩個女人的戰爭，從古至今一直都在各角落上演著。」

莉卡看了看我，認同地點了點頭。

「這樣看來，只好從妳開始啦！如果老太太再提起家人，妳就多跟她聊聊，至少讓她覺得有個人關心她，對她失智的狀況也會好一些。」

「這我知道，同事之前都有跟我提過，要盡量維持她情緒上的平衡，也就相對地降低引發混亂的頻率了。」

「Chryssa，看妳這一路走來，當個好看護還真的不容易！不過我很開心，知道妳越來越得心應手了！」

「謝謝，我們一起加油吧！」

歐法瑞太太的情況，確如莉卡所說，透過不時的交談，多少讓她一直壓抑在內心的想法，似乎找到了可以慢慢減壓的出口。

「早安，歐法瑞太太，妳今天看起來精神很好！」
「早安，Chryssa，妳看到了嗎？」
「看到什麼？」

來自異國 的陪伴

「這是我兒子送來的花。」

歐法瑞太太指了指窗台上的一盆粉紫色小波斯菊，在乳白色窗簾襯托下相當鮮豔美麗。

「好漂亮的花！妳兒子特別送來的？」

我放下了背包，將長髮紮成馬尾，一邊準備開始工作，一邊持續問著。

「我不知道，上星期三中午我剛好出去，回來後聽其他樓友說，我兒子來過了，還留了盆花給我。」

「是慶祝什麼節日嗎？」

「我不知道，也不記得了。不過他留下個紙條，說來倫敦辦事情，打算過來看看我，剛好在街上看到了這盆波斯菊，就順便買過來。」

「這樣也不錯，可惜沒能見到面！」

「誰叫他不先打電話過來，都沒想到問問我是否有空。好幾十歲的人了，還是莽莽撞撞的！」

歐法瑞太太雖是滿口抱怨，卻不時流露一絲笑意，讓一旁的我安心不少。

「是啊！歐法瑞太太，我去準備早餐，妳一定餓了，等下再聊！」

「Chryssa，先給我杯茶吧，我還不餓，倒是渴了！」

「好的，馬上來。」

夏日的倫敦，天氣舒爽，繁花盛開。大街小巷的市集裡，總能瞧見各式各樣、不同種類、搖曳生姿的花卉，各自施展美

麗的倩影。來來往往穿梭其中的人們也習慣停下來欣賞半天，有的甚至乾脆買束鮮花，或者盆栽帶走。

　　花朵常常扮演著無聲的橋梁，對向來拘謹的人們，總能適時傳遞無法言喻的心情，不論是祝福也好，歉意也好，何時何地都一樣有效。

　　「Chryssa，妳幫我看看，要怎麼重新擺放這盆花？」

　　打掃工作結束後，走進了客廳，歐法瑞太太轉過頭來問了我一聲。

　　「重新擺放？放在窗台上，不是挺好的嗎？」

　　「放在那裡會遮住陽光，我不喜歡。」

　　「那妳想放哪裡？」

　　「我不知道，妳來幫我決定吧！」

　　方方正正的客廳裡，可能因為漆了墨綠色的牆壁，的確需要陽光不時灑進，整個房間才不會過於陰鬱，尤其是長期待在裡面的歐法瑞太太，也才不至於有不良影響。

　　「那放壁爐上？空間夠大。」

　　「壁爐上？那上面不是有我跟孫女的照片嗎？」

　　「照片已放到妳樓上房間的床頭櫃上了，妳還記得嗎？之前妳交代我拿上去啊！」

　　「喔，對了，我想起來了。」

　　「我擺好了，歐法瑞太太，妳看看可以嗎？」我一邊說著，一邊將波斯菊移到空蕩蕩的壁爐上。

　　「不錯不錯，挺好的。」

「那就這樣啦，我來澆些水吧！」

「好的，麻煩妳了，Chryssa！」

「對了，歐法瑞太太，我還有個想法，可以聽聽看嗎？」

轉身前往廚房時，我突然想起了買這盆花的人。

「妳說說看！」

「要不要抽空打個電話給妳兒子？謝謝他送來的花，還有提醒他，下次要先跟妳約好，再過來聊聊。」

歐法瑞太太聽到我說的話之後，神情有點僵了起來。

「妳看，這盆波斯菊真的很美呢！整個客廳都充滿了朝氣，連我都想下午也去買盆花回家擺著，這都是妳兒子的功勞呢，帶來了新鮮的味道，妳不覺得嗎？」

「真的嗎？妳真的這樣認為？我的兒子啊，一直都是個只顧自己的人。」

「歐法瑞太太，我想，妳兒子應該不是單純送盆花來，說不定，還有話想跟妳說說呢？」

「是嗎？妳既然都這樣說了，我這幾天來想一想吧！」

隔了兩周後，我從歐法瑞太太那裡得到了的確是意料之外的答案。

「Chryssa，我打電話給我兒子了！」

服完藥後，歐法瑞太太突然開口說道。

「是嗎？接到妳的電話，他有沒有很開心？」

「妳先去做妳的事，等會我們再聊！」

前往廚房清理流理台時，我才發現以往的兩條舊抹布都不

見了，旁邊則多了兩捲廚房專用的紙巾。

　　改用紙巾擦拭乾淨多了，也可沾些水，當成溼布來使用，且用完即可丟棄。但我還是不太習慣，如同剛剛歐法瑞太太臉上，難得出現的凝重神情，讓不明就裡的我不免有點擔心。

　　「我兒子說他得了胃潰瘍，精神壓力是原因之一，還有飲食不正常等等。他說吃了一陣子的藥了，沒有太大改善，醫生建議他要先解決壓力來源才可能慢慢好轉，如果繼續下去，也許會更嚴重。」

　　「是嗎？他的精神壓力是什麼？」

　　「我兒子是個顧自己的人，對我說話倒很坦白，這也是他前陣子來找我的原因。」

　　「歐法瑞太太，所以他想跟妳說什麼？」

　　「他說，他的精神壓力就是來自他娶的那個女人。」

　　「是嗎？真想不到！」

　　「我也是這樣說。不過，這點倒讓我很開心，他終於明白我的心情了。」

　　歐法瑞太太的嘴角微微動了一下。

　　「我兒子還說，發病的時候就常常會想起我。說結婚之前，我總是把他照顧得很好，什麼大病也沒有。現在生了病，那個女人根本沒耐心照顧他，還常常在小孩面前嫌他不懂得顧好身體。」

　　「那妳怎麼說？」

　　「我能說什麼？我知道他就是要找個人吐吐怨言，而他不

找我，又能找誰？」

歐法瑞太太吸了口菸，繼續說著。

「我很心疼他生了病，胃潰瘍讓人很不舒服，但我老了，腦子也不好了，還能幫他什麼？我兒子跟那個女人的問題，那可不是幾鎊錢就能解決的事。」

「這也是真的。」

「不過，他倒是跟我道了歉了。」

「是嗎？好意外呢！」

歐法瑞太太突然停頓了一下，揉了揉眼睛。

「他說，之前總是聽那個女人的話，怕惹她生氣，壓根不敢來看我或打電話給我，比起孫女還自嘆不如。現在他覺得很後悔，希望我能原諒他。」

「我想，妳應該原諒他了？」

「是啊！我怎麼可能不原諒自己的孩子？我可是把他生下來又養大他的媽媽呢！」

歐法瑞太太說完，又伸手揉了一下眼睛。

「這樣說來，聽到兒子的道歉，妳應該很開心才是，為何看起來心事重重？」

「我是很開心聽到他的道歉，至少覺得他長大了，但我很擔心他的身體。或許，不是他嘴裡說的那樣，也許不想讓我知道太多，說不定隱藏了一些真相。」

「歐法瑞太太，妳不是才說，妳幫不了他嗎？我想，身體是他的，不管如何病痛都是經年累月累積下來的，學習照顧好

自己是每個人都要承擔的責任。」

「這點我很贊同。」

「妳看，他不是已經聽從醫生的建議，開始去找壓力的來源嗎？雖然他選擇跟妳吐吐怨言，那可能也會找找方法，改善跟家人的互動吧？」

「希望如妳所說，不然身為媽媽的我，也只能在心裡默默難過了。」

「至少以後，偶而可以通通電話，也不錯呢！當妳想跟他說話時，就不要一直等待了。」

「這倒是真的，我向來都是等我兒子或孫女打電話來，這次會主動聯絡，還真是破了以往的慣例！」

「不過得到了兒子的道歉啊，是件好事！」

「Chryssa，這得謝謝妳！」

歐法瑞太太的嘴角揚了一下，似乎臉上的陰霾已逐漸消退了。

「歐法瑞太太，別客氣，我很樂意幫忙的！」

自從歐法瑞太太打破慣例，不再只等著家人打電話來；過了幾個月後，差不多到了八月下旬，歐法瑞太太也打破了跟我之間，一直以來的另個慣例。

每次早餐吃完後，隨即拿藥給歐法瑞太太服用時，我仍舊會搭配一杯溫開水，擺在奶茶的旁邊，供她選擇配藥使用，即使最後，她仍是選了奶茶。

「這杯水要做什麼？」

「妳忘了，歐法瑞太太，每次服藥時我都會多準備一杯溫開水，讓妳搭配藥丸服用，只是妳都選擇了喝茶。」

「是嗎？我忘了！」

「沒關係，隨妳喜歡就好，反正只是一杯水。」

「這樣啊，那麼我今天來用溫開水吃藥吧！」

歐法瑞太太開了口，說出我意料之外的話，服完藥還特意對我舉了舉水杯，繼續說著：「今天就依妳，等下不用把水倒掉啦！」

「謝謝，歐法瑞太太！」

雖是驚訝居多，但看著歐法瑞太太臉上的微笑，我還是相當開心！

「還有，這個拿去，等下就麻煩妳了！」

放下了杯子，她接著從錢包裡拿出兩張紙鈔，遞給了我。

「好的，我這就去。」

「記得兩包。」

「我知道，跟之前一樣。」

「今天又來替老太太買菸啦？」

「是的，請給我兩包淡菸。老闆，有陣子沒見了，最近好嗎？」

大清早的，店裡沒什麼顧客光臨，站在空盪盪的櫃台前，老闆悠哉悠哉的，心情看起來很好。

「還不錯，謝謝。對了，這附近社區比較安靜，不會常遇到中國人！妳應該不是住附近吧？」

「我住在偏東南的郊區，有點遠。不過，雖然是中國人，嚴格說起來我是台灣來的。」

「台灣？不是中國？」

「在中國旁邊的島嶼，不屬於中國，但中文是共同的溝通語言。」

「這樣啊，不好意思，我還以為妳是中國來的。」

「沒事。老闆呢？說起話來有點英國腔，但看起來不太像道地的英國人。」

「我從北愛爾蘭來的，但還沒獨立，仍隸屬英國的一部分，也還得算是英國人啦！不過我倒不太在意這點。」

「好巧，託我來買菸的老太太是愛爾蘭人，定居倫敦很久了。」

「是嗎？妳看我們與英國為鄰，一直以來卻始終紛爭不斷。只要不提國籍、不提宗教，其實我跟英國人，算是能和平相處的，也許部分原因來自我老婆，她家鄉在約克。」

「約克我去過，有間很雄偉的大教堂。那你這樣信仰上沒有任何衝突嗎？我記得愛爾蘭人信仰天主教，英國人則是英國國教。」

「小姑娘，妳很聰明喔！」

老闆邊說，邊將兩盒淡菸遞給了我。

「沒有啦，只是讀過些書，多少瞭解一點。」

「一開始我老婆的父親很反對我們結婚，婚後好一陣子都拒絕跟我老婆說話。不過，大概過了三年之後吧，我們的兒子

出生時，我跟老婆商量了之後，選擇讓兒子受洗，以她們家的英國國教為信仰，之後就慢慢保持還不錯的關係。妳看，我兒子現在已上高中了呢！」

「這樣啊，那你家人那邊呢？信仰應該相當重要，不能輕易取代吧？」

「我以前也這樣認為。應該說我跟姊姊來英國，主要是因為父母車禍雙亡，不想面對沉痛回憶的地方，才選擇來這裡重新開始。」

「喔！真抱歉，觸痛了你的傷心事！」

「沒事，都過了那麼久了！我在踏上英國的土地時，就已領悟到沒有什麼能比得上家庭的和諧。我的信仰一直都在，只是不在意外在形式了。畢竟，我覺得真心愛護家人才重要。」

「這樣說來，有點類似我家的情況。我爸爸來自中國，後來發生了戰爭，為了生存便跟家人逃到了台灣，之後才在台灣遇見我媽媽。」

「這就是愛的力量！以前我在北愛，總希望有朝一日能脫離英國獨立；後來失去了爸媽，來到英國，加上結婚生子，想法也逐漸不同了。年紀越來越大，人生目標反而更單純，只要平安過活就好啦！」

「就像一眼望去，琳瑯滿目的香菸裡，最後每個人還是選擇了適合自己的牌子！」

「沒錯，妳這個比喻還真貼切！這是找給妳的零錢！別忘了拿！」

「謝謝，我可不能再聊了，老太太還在等我呢！」

我看了看手錶，同時回應著。

踏出小店時，老闆跟我揮了揮手，嘴裡繼續說著：「下回再來聊！祝妳有個美好的一天！」

「老闆也是，改天見啦！」

或許不管什麼煩惱，最後都會趨於平靜。當歲月的運轉，或命運的際遇，將我們推入了不同的境地，一如雜貨店的老闆，也一如我的奶奶。

那是奶奶離世的前幾天，她選擇將最後的話語，單單說給了媽媽聽，一個跟奶奶沒有血緣關係，透過婚姻而串聯起來的女子。

或許，奶奶的理由只是因為她知道，在數十載的光陰，同個屋簷下的朝夕相處，從頭到尾媽媽總是盡可能地讓奶奶活得心滿意足！

「妳奶奶去醫院前的晚上，突然叫了我一聲『媽媽』，還跟我說了謝謝呢！」

我一直記得，奶奶送進加護病房之後，某天晚上媽媽在廚房洗碗時，私下告訴了我。

「真的嗎？奶奶肯定記起妳了，才會跟妳說謝謝的。」

「我也不確定，可能因為她也記不得我的名字了，也可能聽到你們都叫我媽媽，所以也這樣叫我吧？」

「有可能。奶奶還說了什麼？」

「她說，她的奶奶要來接她了，謝謝我一直照顧著她。」

媽媽一邊陳述，一邊擦拭著不斷從眼眶裡流下來的淚水。

「是嗎？那妳怎麼回應？」

「那一刻只有我在妳奶奶旁邊，聽到她突然脫口而出的話，我整個人簡直慌了，根本不知該怎麼辦，就要她別多說了，好好休息。只是沒想到隔天傍晚，就出現緊急狀況，接著送醫院了！」

聽到媽媽的一番話，也讓我喚起多年前跟奶奶的記憶，我知道菩薩已經給了奶奶答案，而奶奶也的確做好準備了。只是，身旁的媽媽尚未真正平靜下來，才無法好好聽見，奶奶真正想傳達的心情。

「小丫頭，再過幾年，奶奶就要八十歲了呢！妳知道人變老了以後，會怎麼樣嗎？」

小學暑假的時候，如果奶奶沒有出門訪友，都習慣坐在庭院曬曬太陽，或待在客廳裡跟我一起看電視，還有說說話。我還記得坐在藤椅上的奶奶，手裡總愛握著長長一串的琥珀色念珠，甚至有時還會輕聲念著佛號。

「奶奶，我不知道呢！」

「人老啦，就像妳現在眼前滿頭白髮、滿臉皺紋的我，很多事情就自然明白了。而且喔，我還知道未來的某一天裡，我的奶奶會來接我，一起去另一個美麗的世界。」

奶奶看著一旁坐在地上玩洋娃娃的我，微笑著說完她的話。

「為什麼是妳奶奶來接妳？美麗的世界又在哪裡？」

「我從小是我奶奶帶大的，因為我出生時，我的媽媽就不在了，我爸爸又忙，所以我奶奶就像是我另個媽媽，費了好大功夫才把我帶大。」

「是喔！那妳一定跟妳奶奶很要好，所以她答應要來接妳！可是，妳奶奶現在在哪裡呢？」

「我奶奶就在那個美麗的世界裡！她在等著我，等時間到了，就會來接我一起去的。」

「就跟外婆一樣嗎？去年外婆生了重病，媽媽傷心了好一陣子，後來媽媽也說外婆去了個美好的世界，就是妳奶奶待的地方嗎？」

「是啊，人老了或生了重病，有一天都會離開這個世界，前往那個美好的世界的。只是，準備好的人會很平靜也很自在；而來不及準備的人則會恐懼也會抗拒。」

「那怎麼辦呢？我常常生病呢，是不是也要準備一下？」

「小丫頭，妳才十歲，還不需要啦！生病的時候，爸爸媽媽跟醫生都會把妳照顧好的，妳要好好長大喔！奶奶跟妳說這些，只是要妳記得，以前常常跟妳提到所有關於菩薩的事。」

「奶奶講的佛經故事，還有奶奶房間裡掛的菩薩，我都牢牢記得的！」

「有一天，菩薩會告訴我們一切的答案，誠心相信最重要，妳瞭解奶奶說的話嗎？」

「我瞭解，奶奶放心！」

「歐法瑞太太，菸買回來了，還有剩下的零錢。」

「收著收著，每次都要麻煩妳特地跑一趟。」

「不要客氣啦，妳先收好，等下回再用吧！」

我仍舊將零錢塞回歐法瑞太太的手裡，看著她慢慢放入錢包裡才離開客廳，接續進行手裡未完的打掃工作。

「歐法瑞太太，最近的天氣都不錯呢！藍天白雲的，雖然舒服的夏天就快結束了。」

打掃工作完成後，讓歐法瑞太太簽完工作表上的名字，我順道望了望窗外的街景，準備離開。

「是啊！Chryssa，妳知道嗎？這陣子我偶而會打電話給我兒子呢！也有跟孫女聊聊天。」

「那很好喔，聽聽家人的聲音，妳一定很開心！」

「沒錯，即使沒見到面，聽聽聲音也不錯。」

「不好意思，歐法瑞太太，我要先走了，下午還要去其他的老太太家。」

「沒問題，祝妳有個美好的一天！我們下周日再聊！」

「謝謝，下周日見！」

一連收到了兩個祝福，還有門外的好天氣，也讓我想起了遠方的媽媽，趁著有些空檔時間，不妨來打個電話吧！

「媽媽，是我，吃過晚飯了吧？我剛吃完午餐，目前在小公園休息，晚一點還要去三個老太太的家工作。」

「我吃過了，現在在房間裡看電視，剛剛才想到妳就接到妳的電話，真開心！還有，別太忙了，記得以學業為重！」

「我知道。剛剛才想到我啊！原來我還不曉得，我們有心

電感應呢！」

「呵呵，我也不曉得，就是剛好吧！不過，妳是我的心肝寶貝，這是錯不了的！論文如何了？什麼時候可以完成？」

「大概還要一陣子吧！我是覺得差不多了，就等老師看過再說，看是否能在年底前完成，如果交了論文，我就可以先回台灣，等安排好了再回來參加考試。」

「真的嗎？終於大功告成了嗎？日子過得真快，妳都去英國這麼多年了！」

「是啊！」

「我會替妳加油的。真好，妳終於可以完成妳爸爸的心願了！從小，他對妳的期望就很高，一點不亞於對兒子們的期望！」

「我瞭解，不過這也是妳的心願啊！」

「那可不，我一直在等這一天的到來，知道妳總會不負眾望的，雖然妳爸爸早已不在了。」

「爸爸一直都在我的心裡，也一直在妳心裡！」

「這點我相信。從妳奶奶走後，再到妳爸爸離開，這幾年來，我體會了很多。」

「所以啦，媽媽，妳要照顧好自己！有進一步消息，我再打電話跟妳說！」

「好，我們母女一起努力！等妳早日回來！」

「沒問題，那我先掛了！」

我站在人行道旁的紅色電話亭裡，放下電話筒後，推開了門往外走，突然一陣徐徐的微風迎面而來，原來，初秋的味道

也逐漸濃厚了些。

「早，歐法瑞太太！上個星期好嗎？這些燈飾是？」

隔了兩個星期，天氣開始轉涼，剛進了客廳，一抬頭就看見幾串懸掛在壁爐與窗台上的小小燈飾。

「早喔，Chryssa，前兩天是我生日！樓友們特意幫我布置了一下，還請鄰居們來替我慶生，我可是吃了好大一塊草莓蛋糕，本來想替妳留一塊下來，可惜妳不在！」

歐法瑞太太整個臉龐充滿了笑意，肯定過了一個很快樂的生日。

「真的？歐法瑞太太，生日快樂喔！妳一定很開心！只是好可惜我不在這裡，沒辦法跟大家一起幫妳慶祝呢！」

「我是真的很開心，大家都來祝福我這個老人，妳看我都八十五歲了，歲月真是不饒人啊！」

「哇！看不出來呢！看起來依舊健康美麗喔！」

「我都滿頭白髮，還有滿臉的皺紋，哪裡還稱得上美麗啊！」

「就是因為滿頭白髮，還有滿臉皺紋，所以才具備了與眾不同的美麗啊，可不是每個人都有呢！」

「呵呵，妳真會說笑。」

「歐法瑞太太，妳知道嗎？我前兩天才撥了電話回家，我媽媽也剛過生日呢！」

「是喔！這麼巧，早我幾天生日啊，妳媽媽幾歲了？」

「七十三歲了！算來差不多小妳十二歲吧！」

「她身體都好嗎？」

「還可以，謝謝妳。」

「那就好，人啊，年紀大了，只有健康最重要。」

「是啊！小時候，我奶奶也說過同樣的話呢！」

「Chryssa，我有件東西，想要妳來幫我看看！」

早餐過後，歐法瑞太太用溫開水服完藥後，在我準備前往廚房清理之際，迫不及待叫住了我。

「好的，歐法瑞太太，可以等我一會嗎？我想把工作完成，待會剩下的時間再來聽妳慢慢說。」

「這樣啊，那妳整理完就立刻回來，我在這裡等妳。」

前往廚房後，先倒掉了餐盤裡剩餘的麵包碎屑，將所有杯盤都移往水槽，洗淨了杯盤，擦拭了流理台與桌椅；再用掃帚與拖把，輪流將廚房各角落打掃乾淨後，才帶著沾溼的紙巾前往客廳清理小餐桌。

「Chryssa，都打掃好了嗎？」

「都好了，只剩下這張小餐桌。」

「不用管小餐桌了，妳先坐下來吧！」

「歐法瑞太太，還是讓我清理完吧！不會很久的，而且清乾淨了，妳也比較舒服啊！」

想起以往，總是悠哉抽著菸，動作慢條斯理，甚至不時還會記錯事情的歐法瑞太太，突然著急了起來，還真讓我吃了一驚。

「好吧好吧，那我還是等妳吧！」

「歐法瑞太太，不好意思，讓妳等了好一會，工作都做完了。有什麼要我幫忙的，現在可以說了！」

「妳先坐下！別光站著。」

在我坐下的同時，歐法瑞太太從沙發的左側，取出了一個小盒，裡面是條淡紫色，上面有小碎花的絲巾。

「這條絲巾很漂亮呢！」

「這是我兒子寄來的禮物，他說無法趕來替我慶生，就寄了禮物過來，還有一張孫女寫的卡片。」

「是嗎？妳一定很開心。」

「這是他們搬離倫敦後，我第一次收到他送的生日禮物，以往都只有收到孫女寄來的卡片而已。」

「我兒子還特別打電話來，說他還在調養身體，所以要他老婆去賣場挑的！關於這點，我可是半信半疑啦！妳覺得呢？」

「這絲巾讓我想到好幾個月之前，妳兒子送來的小波斯菊，顏色很類似，也很適合妳！我覺得啊，誰挑的禮物都沒關係，開心最重要。」

「我是很開心，可是妳知道，我從不用絲巾的，根本不知該怎麼處理，想問問妳的意見。」

歐法瑞太太的著急，原來是因為收到了相當陌生的禮物。

「歐法瑞太太，沒事的，絲巾其實功能很多，也很好用，像我媽媽就有一堆大大小小的絲巾，以前我常看她替換使用！」

「真的嗎？我本來還打算想送給隔壁的林頓太太呢！」

「倫敦的天氣向來不是很穩定，尤其季節交替時，加上暖氣也不是整天都開著，室內空氣的變化會讓皮膚過於敏感，這時候，絲巾就可以派上用場了。」

「Chryssa，沒想到妳懂得很多！」

「歐法瑞太太，不是我懂得很多啦，剛好我是敏感性皮膚，加上在倫敦待了多年，學會一些方法。因為皮膚一旦發起病來，那可是日以繼夜，無止盡的折磨！」

「是喔，還好我的皮膚粗厚，沒什麼大礙。」

「所以，妳可以在清晨或夜晚的時候，將絲巾繫在脖子上，不用太緊，就可以阻擋冷空氣的入侵，也比較不容易有風寒或是感冒。」

「這聽起來倒是不錯，還有其他的嗎？」

歐法瑞太太低頭一會兒，看著盒子裡的絲巾，又抬起頭來問著。

「一般的時候，不管是領口較開，或是沒有領子的衣服，都可以搭配絲巾，更加襯托皮膚的顏色。歐法瑞太太，像妳的皮膚偏白，就很適合紫色的搭配，剛好成了明顯的對比。」

「是嗎？我不曉得。」

「我示範給妳看看，如果妳不介意。」

我從背包裡拿起了隨身攜帶的旅行用小鏡子，等著歐法瑞太太的回答。

「那妳試試吧！」

「歐法瑞太太，妳今天這件白上衣，剛好可以跟紫色的絲

巾相襯托，妳先看一下，再跟我說妳的想法。」

我將絲巾折疊捲起成條狀，露出些許部分，繞在歐法瑞太太的脖子上，簡單地打了個活結，再將鏡子拿到她的面前。

「哇！好久沒照鏡子了，看起來還不錯，原來絲巾真新奇，以前我只常在電視節目裡看過。」

「真的不錯呢，那就這樣繫著吧！這陣子天氣較涼，繫上絲巾很好看又可保暖，避免受涼！」

「那我就自己留著，不送林頓太太了！」

「當然啦，帶著家人祝福的生日禮物，好好保存喔！」

「謝謝妳，Chryssa，妳又幫了大忙！」

「沒事的，歐法瑞太太！」

「Chryssa，再一陣子就要過耶誕了？妳有什麼計畫嗎？」

莉卡依照慣例挑了個兩個人都在家的時間，泡了壺茶，開啟我們的聊天時光。

「我可能差不多要準備訂機票了，論文應該沒問題了，老師說再小修一些部分，應該月底可以送交。妳呢？」

「是嗎？哇，Chryssa，恭喜妳啦！終於走到這一步啦！」

莉卡跟我一同舉起馬克杯，對杯碰了一下。

「其實我前陣子也開始做準備，確定了之後，才想跟妳說一聲。」

「怎麼啦？有什麼事發生了？妳可別嚇我喔！」

「沒事，我的好友，我啊，決定耶誕前夕搬回希臘，跟傑可計畫新年結婚了。」

「哇！結婚可是大事？恭喜妳啦！怎麼沒跟我說？」

「上周才確定的，因為我人在倫敦，主要的準備工作都交給了傑可跟我家人，我只要回去當新娘就可以啦！」

「真好！我記得妳本來不是說還要等一陣子，等有些成就才要回去？」

「計畫總是趕不上變化！我本來也是這樣想，但上回媽媽生病了，我才發現不能都只顧自己，妳知道嗎？從來倫敦念書，加上工作，我來倫敦也五年了。」

「哇！那跟我差不多呢，只是我讀書時間長一些。」

「回希臘後，再加上結婚，未來雖是未知數，但老實說爸媽年紀大了，我又是他們疼愛的孩子，也該回到他們身邊了。」

「家人是最重要的！」

「其實，不怕妳笑，是我想家了！」

「沒事，我也跟妳一樣！」

「Chryssa，以後記得保持聯絡喔！雖然沒多久，我們就要踏上各自的新旅程了！」

「那是當然的，我們啊，終於可以回家了呢！」

「謝謝妳這些日子的陪伴。」

「妳也是。」

莉卡伸出雙臂緊緊擁抱了我，而我也點了點頭。

「歐法瑞太太，先祝福妳耶誕快樂喔！雖然還要等一個星期才是耶誕節。」

　　所有的打掃工作都完成之後，回到客廳的我先坐了下來，並從背包裡取出卡片，拿給了身旁的歐法瑞太太。

　　「Chryssa，怎麼了？這是什麼？」

　　「今天是我最後一天來這裡工作，過兩天中心會派新的看護來接替之後的工作。這張卡片是送給妳的耶誕禮物！」

　　「不會吧？妳要走啦？那我會很傷心的！」

　　歐法瑞太太將卡片放在小餐桌上，轉過頭來直直望著我。

　　「我的課業已經完成了，前幾天才訂好耶誕夜的機票，要回台灣了！」

　　「哇，Chryssa，恭喜妳！雖然我還是會傷心，以後就看不到妳了！」

　　「歐法瑞太太，先打開卡片看看吧！」

　　我看著她從信封裡慢慢拿出了卡片，看到卡片上的天使時，突然笑了起來：「哇，上面有個可愛的天使呢！」

　　「是啊，歐法瑞太太，以後我不在，妳可以看看這張卡片，就會記得我的祝福！」

　　「我會的，Chryssa，謝謝妳，妳就是上帝送給我的天使，陪我度過了一段美好的日子！」

　　歐法瑞太太說完，側身緊緊用雙臂擁抱了我，並在我耳邊，再度大聲地說了謝謝！

　　「有機會回來倫敦，可以來看看我，我都在這裡！」

　　「我知道，歐法瑞太太，妳要好好保重喔！」

　　「我會的，妳也是，Chryssa！」

　　歐法瑞太太笑著跟我揮揮手，眼光一直跟著我，直到我走

出了客廳。

　　我走出了公寓，關上了大門，彷彿也即將闔上這五年多來，我的第二段人生。從抵達倫敦，過了兩年後開始半工半讀，最後終於完成了學業。一路走來的點點滴滴，都將伴隨著我，邁向下一階段的人生扉頁。

　　除了歐法瑞太太之外，我也準備好另一個禮物，要給一直支持我的媽媽。離開了歐法瑞太太住的社區，我走進了公車站旁的紅色電話亭，拿起話筒，撥了電話，等著遠方的媽媽來迎接，她等待了多年，終能如願以償的耶誕禮物。

尾聲

終於，我在起伏未料的倫敦，完成了學業，離開待了多年的英國，回到台灣，開始邁向第三段的人生。

原以為一切都慢慢可以順風而行，沒想到期盼了很久，在家裡等著我的媽媽，身體卻出現前所未有的狀況。

多年下來，無法確定媽媽是遇到了什麼樣的關鍵，也許是退化，也許是年紀，無法再承擔記憶的層層堆積，一點一滴，逐漸喪失了她部分的大腦功能，也在晚年罹患了失智。

只是，我知道自己很幸福，可以陪著媽媽走過幾番寒暑，雖然她失智了，也失能了，在人生最後幾年，母女朝夕相處的日子裡，留下了一張無憂無慮的可愛容顏。而我也因在倫敦的看護經驗，能適時給予協助，陪伴她走到人生旅程的盡頭，直到道別之際，沒有留下任何遺憾。

這本書的完成，不僅是履行了媽媽晚年的心願，也希望透過筆下的描述，以及在異鄉當看護的特殊經歷，來呈現人與人之間，唯有真心相待與彼此尊重，才是人生一路走來，最值得好好珍藏的無價之寶。

國家圖書館出版品預行編目資料

來自異國的陪伴／戴國平著
-- 初版. -- 新北市：集夢坊，
采舍國際有限公司發行，民106.05
　　　　面；　　　公分
ISBN 978-986-94538-1-3（平裝）

857.7　　　　　　　　　　　106005645

～理想的推手～

理想需要推廣，才能讓更多人共享。采舍國際有限
公司，為您的書籍鋪設最佳網絡，橫跨兩岸同步發
行華文書刊，志在普及知識，散布您的理念，讓
「好書」都成為「暢銷書」與「長銷書」。
歡迎有理想的出版社加入我們的行列！

采舍國際有限公司行銷總代理
angel@mail.book4u.com.tw

全國最專業圖書總經銷
台灣射向全球華文市場之箭

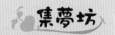

來自異國的陪伴 Bridging Hearts from Afar

出版者●集夢坊

作者●戴國平Claudia

印行者●華文聯合出版平台

出版總監●歐綾纖

副總編輯●陳雅貞

責任編輯●黃鈺文

美術設計●吳吉昌

內文排版●王芋崴

台灣出版中心●新北市中和區中山路2段366巷10號10樓

電話●(02)2248-7896　　　　　傳真●(02)2248-7758

ISBN●978-986-94538-1-3

出版日期●2017年5月初版

郵撥帳號●50017206采舍國際有限公司（郵撥購買，請另付一成郵資）

全球華文國際市場總代理●采舍國際 www.silkbook.com

地址●新北市中和區中山路2段366巷10號3樓

電話●(02)8245-8786　　　　　傳真●(02)8245-8718

全系列書系永久陳列展示中心

新絲路書店●新北市中和區中山路2段366巷10號10樓　　　　電話●(02)8245-9896

新絲路網路書店●www.silkbook.com

華文網網路書店●www.book4u.com.tw

跨視界‧雲閱讀 新絲路電子書城 全文免費下載 silkbook○com

版權所有　翻印必究

本書係透過全球華文聯合出版平台（www.book4u.com.tw）印行，並委由采舍國際有限公司（www.silkbook.com）總經銷。採減碳印製流程並使用優質中性紙（Acid & Alkali Free）與環保油墨印刷，通過綠色印刷認證。